生放送60時間——キボウノヒカリ誘拐事件

矢吹 哲也

目次

第一章　史上最弱馬キボウノヒカリの誘拐

1

八月三日、栃木競馬場厩舎《きゅうしゃ》村——
何やら外が騒々しく、榊原真由《まゆ》は眠りを破られた。
車のエンジン音、ドアを閉める音、怒鳴り声も混じる。
真由が吠えそうになったところで、急に静かになった。
眠りに戻りかけると、今度は、いななきが幾つも轟いた。
「うるさい！」
真由は枕を窓に投げつけた。「いったい何時だと思ってるのよ」
窓の外は、まだ真っ暗だ。
枕元に置いたスマホで時刻を確かめる。三時二十五分。

厩舎の朝は早いとはいえ、まだ活動開始の時刻ではない。

キボウノヒカリを引き運動に出すのは、毎朝五時頃と聞いている。それに合わせて、撮影の段取りを決めていたというのに……。

真由は、民放キー局《テレビ東都》情報ワイド局のディレクターとして、現在、『弱き者にキボウノヒカリを』と題した特番の取材にあたっている。百九十三連敗という新記録達成を二日後に控え、今日もスケジュールがびっしり詰まっている。

連日の酷暑《こくしょ》だ。もう少し眠っておかなきゃ、体力も気力も持たない。

再び体をゴロンとさせると……、
ドンドン、ドンドン。木製のドアが激しく叩かれた。

無視したものの、内鍵のないオンボロ部屋だから、ドアが勝手に開けられた。

「榊原さん、大変です！　起きてください」

ADの大場咲《さき》が飛び込んできた。

この馬鹿女、あたしの寝起きが悪いって分かってるくせに……。

「いったい何の騒ぎなのよ、まったくぅー」

「キボウノヒカリが、いなくなっちゃったんです」

「……はあっ？」

なぜか、頭にポッと浮かんだのは、

「ドッキリじゃないだろね。そうだったら、ぶっ殺す！」

笑いさえ取れれば、何でもありのテレビ業界だ。バラエティ番組とは縁がないけど、業界一の美女を引っ掛ければ、絵になるわけだし。

「本当なんです。皆さんで探し回っているんですが、どこにもいないみたいで」

咲は半泣きとなっている。

体がブルッとなり、ひとりでに上半身が跳ね起きた。

「まさか……、もし、本当なら……」

次の言葉は恐ろしくて出てこなかった。

カメラマンの岸本修が部屋に駆けつけてきた。

「どうやら重大事件発生のようだな。馬自らが脱走できるはずもないから、何者かに連れ去られたと見ていいだろう」

頭が真っ白になった。

「夜中に物音を聞かなかったか」

岸本が刺々《とげとげ》しい眼差しで、指を突き付けた。

「何も……」

「あんたが一番近くにいたんだぞ」

そうなのだ。こちらは二階だが、窓を開ければ、すぐ真向かいに馬房小屋の扉が見える。距離は、僅か五メートルほど。物音が耳に入らないはずがない。現に、さっきは目が覚めた。

あまり寝つきのいいほうではないが、昨夜はいつもと違った。溜まった疲労のせいか、十時頃、部屋に入り、バタンキューだった。

ぐっすり寝入っていたようで、後のことは何も覚えていない。

ああ、あたしとしたことが……。

自分の頭を思い切りブッ叩いてやりたい。

「考えられる理由は二つ。物音を立てずに連れ出せるほど、犯人は馬の扱いに慣れている。もしくは、あんたが恐ろしく鈍感なだけ」

嫌味たっぷりな言葉は無視する。

「だけど、なぜ、あんなボロ馬を？　よりによって、こんな時に？」

「頭より先に体を動かせ。それが俺たち取材スタッフの鉄則だ」

岸本は、小憎らしいほど冷静さを保っていた。

さすが、数々の事件現場を駆け回ってきたベテランだけのことはある……なんて、感心している場合じゃないよ！

「新進気鋭のディレクターさんよ。ドキュメントにハプニングはつきものだ。オタオタされちゃ困るぜ」

余計なひと言にムカッときたが、そのせいで、ようやく頭が回転し出した。

指示を出す。

「取り敢えず、もぬけの殻となった馬房を撮っておくよ」

だが、外はまだ真っ暗闇だ。

「照明さんを叩き起こして」

岸本がニヤッとする。

「あんたが最後。スタッフは皆、撮影の準備に入っている」

2

真由は、宿泊場所となっている舟木雅夫調教師宅を飛び出た。

ここには、一人娘でキボウノヒカリの主戦ジョッキーでもある舟木奈央子《なおこ》と厩務員《きゅうむいん》三名が同居しているが、誰の姿も見かけなかった。総出で探し回っているのだろう。

馬房小屋に向かう。

外の様子に異変を察知したか、連鎖反応か、あらかたの馬が目を覚ましているようだった。馬房で暴れている馬もいれば、いななきを発している馬もいる。

馬の平均睡眠時間は四時間ほどだと聞いている。そのうえ耳が敏感だから、ちょっとした物音で目を覚ましてしまう。

真由としては、首を傾げざるを得ない。

あたしは、確かに熟睡していた。しかし、今のように馬たちが暴れ出せば、いくらなんでも目が覚めないはずがない。

ということは……、犯人は、他の馬に気配すら感じさせずに、キボウノヒカリを連れ出した。

つまり、岸本が言うとおり『馬の扱いに慣れた者』の仕業だ。

他人の推理に同調するのは癪《しゃく》だけど、そう考えざるを得なかった。

スタッフ七名が全員揃い、撮影の準備に入っていた。

照明が当てられたキボウノヒカリの馬房は、やはり空だった。

「スタンバイＯＫ」

声を張り上げた岸本に、真由は咄嗟《とっさ》の判断を告げた。

「特番用の撮影は、一旦中止。これから先は、事件報道に切り替える。取り敢えず、第一報として録画を撮っておく。あたしがレポートするから、よろしく」

どんな事件が起きて、これからどう展開していくのか、さっぱり分からない。事件を報道できるかどうかも不明だ。キボウノヒカリの関係者や、通報を受けた警察から、取材を禁じられる恐れもある。

だが、少なくとも今だけは自由に動き回れる。テレビ屋としての本能に従い、カメラを回し続けるのみ、と真由は腹を括っていた。思い切りの良さなら、誰にも負けない。

岸本がニヤリとして、マイクを手渡した。

「ブッチ切りのスクープだな」

「ヒカリが無事に戻ってこなけりゃ、特番が飛んじゃうけどね」

「ところが、どっこい。転んでも、ただじゃ起きねえってか」

「さすが榊原さんですね。勉強になります」

咲が目を輝かせて、余計な口を挟む。

普段なら「無駄口叩くな」と怒鳴りつけるところだが、スタッフの皆がノリノリになっているのは悪くない。

「一生に一度あるかないかのビッグチャンスに変えてやるよ」

こうやって自分を焚き付け、仕事にのめり込ませるのが、真由の流儀だ。

「皆もそのつもりでね。どんな妨害があってもカメラを回し続けて」

「おーっ！」「任せとけぇー！」

威勢の良い声が一斉に上がった。

真由はカメラに向かってレポートを開始した。

「ただ今、午前三時五十分です。事件の発生時刻はまだ不明ですが、ご覧のように、現在、馬房は空となっています」

カメラが、馬房内を映し出す。

「馬房内に破損箇所はないようです。敷き詰められた藁に乱れはありませんし、水桶や飼葉桶《かいばおけ》もそのまま残っています。つまり、馬が暴れたような形跡は全く見られません」

淀みなくレポートしたうえで、推理を付け加えた。

「ここで、第一の疑問が浮かんできます。馬は臆病な動物と言われています。馴《な》れていない人物に連れ出されようとした時、果たして暴れることなく従うのか……。この一点だけ取り上げても、大いに謎含みの事件と言えるのではないでしょうか。この後も、事件の推移を刻一刻、お伝えして参ります」

視聴者にとって最も関心が持てる事件報道は、謎の提示だ。報じる側としては、もったいつけてもいいし、演出を加えても構わない。謎が深まるにつれて、視聴者の関心がどんどん高まり、視聴率がグンと跳ね上がる。

第一報としてはこれで十分、と真由は判断した。

3

収録が終わって間もなく、こちらに走り寄る車があった。

キボウノヒカリを探し回っていた人々が戻ってきたようだ。

ぜひ押さえておきたいシーンだった。

「あれも撮って」

いち早く車にライトが当たり、岸本がカメラを向けた。

こちらに駆け寄る人影が二つ。舟木雅夫と奈央子だった。

眩《まばゆ》い光を浴びせられ、舟木は目を手で覆った。

「何してるんだ。勝手な真似は許さん。カメラを止めろ！」

舟木が険《けわ》しい顔で、真由に指を突き付けた。

真由は、岸本に目で合図を送り、一旦カメラを止めさせた。

圧されたわけではない。被害者が取材陣に対して敵意を剥き出しにした姿を収録したところで、カットするに決まっているからだ。

真由の気持ちは固まっている。これまでは舟木厩舎の人々と協力関係にあったが、それを崩してでも取材をやり遂げる。

まずは、きっぱりと宣言しておく。

「キボウノヒカリが何者かに連れ去られたとあっては、国民にとって大きな関心事です。我々には事実を報道する責任があります」

「それがどんな結果を招くか、分かったうえで言ってるのか」

真由は静かに頷きを返した。

「ヒカリがいなくなれば、栃木競馬は存亡の危機に直面します」

いや、間違いなく即刻廃止となる。

かつて地方競馬は、主催者である自治体の財政を潤していた。馬券売上の二十五パーセントから諸経費を差し引いた利益が還元される仕組みとなっているからだ。また、地元の主婦を窓口の係員に就かせるなど、雇用の拡大にも貢献していた。

ところが、バブル景気が弾けた頃から状況は一変した。競馬人口と馬券売上の激減に伴い、地方競馬の多くが財政危機に瀕している。既に財政破綻にまで至り、廃止となる競馬場も後を絶たない。

栃木競馬の状況も極めて深刻だ。馬券売上は、全盛期の二割にまで激減した。これでは経費が賄《まかな》えず、累積赤字が膨らむ一方である。地方競馬は自治体が運営しているから、赤字の補塡には税金が費やされる。地方財政窮乏の折、それも限界まで来ている。

そもそも、ギャンブルを維持させるために税金を費やすことに正当性はあるのか。そんな議論が栃木県議会で持ち上がり、廃止が検討されていると聞く。

厩舎経営もドン底状態にある。収入の多くを馬主が支払う預託料に頼っているが、レースの賞金額がどんどん下がり、大半の馬主が赤字に陥っている。これに伴う形で、預託料は、全盛期の半分から三分の一ほどまで下落しているという。

そんなところに降って湧いたのが、キボウノヒカリの一大ブームである。

一年ほど前に、某テレビ局が、連戦連敗の競走馬として紹介したのが始まりだった。

負けても負けても、けなげに走る姿が、人々の共感を呼んだ。

いつしか『負け組にキボウノヒカリを灯《とも》す』と称され、競馬ファンのみならず全国から注目を集めるようになった。

ここ数戦、同馬が出走する度に、栃木競馬場の入場者数は最多記録を更新し続けている。馬券売上も飛躍的に伸びている。『絶対に当たらない』とのモジリで、同馬の単勝馬券が交通安全のお守り代わりに、こぞって買われる。

タイ記録を達成した前走では、同馬の単勝馬券だけで約二億円、レース全体で五億円余りも売れた。これは栃木競馬の通常時における一ヵ月分の売上に匹敵する。

競馬関係者の誰もが想像だにしていなかった、まさに奇跡的な出来事である。

加えて、奈央子の存在も大きい。素朴な人柄と笑顔が可愛い癒し系キャラとして、人気が日増しに高まった。

単なる騎手にとどまってはいない。既に大手芸能プロダクションと契約しているし、『キボウノヒカリよ永遠に』という曲を引っさげての歌手デビューも決まっている。

このように、人馬揃って、今やトップアイドル並みの人気だ。

いよいよ連敗記録達成である。その瞬間を見ようと、全国からファンが押し寄せる。

栃木競馬は、来場促進のため、変則開催を組んだ。通常は、水・木曜日開催のところ、土・日曜日開催に変更し、明後日、日曜日の最終レースを記録達成レースとした。

これに合わせ、一泊二日の観戦ツアーや日帰りバスツアーが多数組まれている。レース後には、記録達成を祝うイベントも計画されている。

もし今、キボウノヒカリが行方不明と報じたなら、見込まれていた利益の全てが吹っ飛ぶ。栃木競馬にとっては文字通り、最後の『希望の光』が消える。

「事実を隠したいという切実な気持ちは分かります。ですが、正しく報じなければ、全国から押し寄せるファンを騙す結果となります。報道機関として情報隠蔽《いんぺい》に加担するわけにはいかないんです」

　こう話しながら、真由には、舟木の胸の内が読めた。

　競走馬が、レース当日になって、体調不良や負傷のため出走を取り消すケースは頻繁《ひんぱん》にある。ファンとしては文句の持っていき所がなく、「これも競馬」と諦めるしかない。

　キボウノヒカリの関係者としては、行方不明の事実を隠しとおし、最後にこの奥の手を繰り出したいのだろう。場当たり的であるにせよ、当面の危機を回避できる。

「今まであんたらの取材に全面協力してきたが、もはやテレビ局は、我々にとって敵だ。直ちに厩舎村から出て行け」

　舟木は強硬な態度を崩さない。これまでカメラの前では常に柔和な表情を見せていたが、まるで別人の形相となっている。

　だが、ここで退くわけにはいかない。厩舎村から追い出されたら、続報が出せず、スクープが線香花火で終わってしまう。

　真由は妥協案を示した。

「では、こうしましょう。撮影は続けさせてください。但し、そちらの許可なくして放送することは差し控えます」

「おたくの単独取材なんだ。こちらが、どう頼み込んだって、流すに決まってる」

ズバリの指摘だが、ここは何とか丸め込むしかない。

「厩舎村の皆さんとの信頼関係があったからこそ、今まで取材が続けられたんです。私を信じてください。皆さんを追い詰めるような真似は、決していたしませんから」

心の片隅にもない言葉を口にした。

このくらい厚顔無恥《こうがんむち》でなければ、テレビ界で生き残れない。

「取材を認めてやるしかないんじゃないの」

奈央子が蓮っ葉な笑いを浮かべて、間に入った。

「テレビのお陰で、あたしも、ド田舎のおねえちゃんから国民的なアイドルになれたわけだし……。榊原さん、今までどおり、持ちつ持たれつでいきましょうよ」

この女ときたら、まったくぅー。

真由は舌打ちを堪えて、微笑みを返した。

「絶対に悪いようにはしないから……、信じてくれるわね」

奈央子は鼻で笑い、「はい、はい、分かりましたよ」と明らかに小馬鹿にした態度だ。

ファンの誰もが、奈央子を純情可憐《かれん》な乙女と思い込んでいる。

だが、それはテレビカメラが向いている時だけだ。裏の顔はまったく別人。高慢で計算高く、人の心を弄《もてあそ》ぶ小悪魔と真由は見ている。

もっとも、カメラが向けられた途端に、正反対のキャラを演じきれるのだから、アイドルとしての素質ありと言える。

舟木が落ち着いた顔となったのを見て、事件の詳細を聴き取ることにした。

「犯人は、どうやってヒカリを連れ出したんでしょうか」

「馬房小屋の入り口の鍵が壊されていた。ハンマーか何かで叩けば、簡単だったと思う。それにしても、音が出る。真向かいの部屋にいて、あんた、何か物音を聞いてないか」

舟木は、岸本と同じく、非難がましい顔を向けた。

「いえ、何も聞いてません。熟睡していたので」

負い目を捨て切れていないので、つい口調が言い訳じみてしまう。

「いつものように、お前があの部屋に寝ていれば、こんなことにはならなかったのに」

舟木は悔しげな顔で、奈央子に囁いた。

取材で寝泊りしている間は、奈央子の部屋が真由専用として提供されていた。舟木宅は築五十年を越えており、かなりガタがきている。一番マシな部屋をあてがってくれたわけだが、好意が裏目に出たとでも言いたげな口振りだった。

「そうだよね。馬に異変があったなら、ジョッキーは誰だって本能的に目を覚ますもの」

「放送するなら、そういった特殊な状況もはっきりと明かしてもらわないと困るよ」

親子揃って、真由一人に責任を押し被せるような物言いだ。

ふざけんじゃないよ。あたしに何の責任があるのよ！

怒りで頭が熱くなった。でも、深呼吸で鎮め、話を進める。

「鍵を壊して、ヒカリの馬房に忍び入り、柱と繋がっている革紐《かわひも》を外した。でも、その後、どうやって小屋の外に出したのか」

「起こして、歩かせるしかないよ」

「ヒカリは臆病な性格と聞いています。初対面の人物に無理やり起こされ、手綱《たづな》を引かれたら、異常な反応を示しますよね」

「ウチの者たちに聞いてみたが、誰も物音を聞いていないんだ」

なんだ、偉そうに言ったって、あたしと同じじゃんか。

今度はこっちが言い返してやる番だ。

「皆さんだって、揃いも揃って、暢気《のんき》に熟睡していたんでしょ」

「いや、そうじゃない。ほとんど物音を立てずに連れ出されたとしか考えようがないんだ。馬が暴れ出したら、厩務員は必ず目を覚ます。手塩にかけて育ててきたんだからな」

「すると、ヒカリは大人しく犯人に連れ出されたと？」

「うーん」と舟木は唸り、腕組みした。

「どうにも、こうにも……他に考えようがないんだよ」

「あまりに不自然だと思いますが」

「そうは言うがなぁ……、臆病で人見知りが激しかったのは、昔のことだ。奈央子が乗るようになってから、だいぶ人懐《ひとなつ》こくなった。なにせ、十二歳の婆さんだ。馬として老成の域に達しているから、誰に対しても従順になるものなんだよ。現に、大観衆を前にしても、怯えて暴れるようなことは一度もなかった」

たしかに、キボウノヒカリにカメラやライトを向けても、動じるふうは、まるでなかった。微笑んでいるとさえ感じられるほどの穏やかさだった。

奈央子が付け加える。

「それと、入れ替わり立ち代わり、マスコミが押し寄せるもんで、すっかり馴れて、神経が図太くなった。あたしみたいにね」

なるほど納得。

それにしても……、と真由は推理を進める。

「うまく小屋の外に連れ出せたとします。その後は？」

「馬運車が盗まれた。皆で手分けして探し回っているんだが、まだ見つかっていない」

「車は、どこに置いてあったんですか」

「そこの広場だ」

舟木が指で示した。今は暗闇で見通せないが、五十メートルほど先に広場がある。

「車のキーは？」

「馬運車は厩舎村の共用物なんだ。誰でもすぐに使えるよう、キーは車のすぐ脇の壁に、剥き出しで引っ掛けてあった」

さらに犯人像が絞り込めた。

「犯人は、ヒカリの馬房がどこなのか知っており、馬の扱いにも熟達している。なおかつ、馬運車が止めてある場所とか、キーの置き場所まで知っている」

状況からして最も怪しいのは厩舎村の住民だが……、と頭を巡らせ、即座に否定した。

栃木競馬が廃止となれば、厩舎村の全員が路頭に迷う。そんなおぞましい事態を自ら招き寄せるはずもない。

「となると、厩舎村に頻繁に出入りしている者に限られます。心当たりはありませんか」

「そんなこと言ったって……厩舎村を一般公開したことが、これまでに何度もあっただろ」

「あ、そうでしたね」

キボウノヒカリの人気にあやかり、厩舎村の見学会やツーショット撮影会など、有料イベントが多数催されてきた。参加者なら誰でも厩舎村の状況を把握できたはずだ。

「参加者の名簿は残っていませんよね」

「そもそも名簿なんか、作っちゃいない」

予測どおりの答えだったから、がっかりすることもなかった。

「それにしても、厩舎村の皆さんは呆れるほど無防備ですよね」

「こんな陸の孤島みたいな場所に、外部者が侵入するとは、夢にも思っていないからな。現に、これまで事件は一度も起きていない」

厩舎村は、競馬場の内馬場にある。これは栃木競馬場の特殊構造で、他の競馬場では場外の隣接した場所に設けられている。

競馬場外から厩舎村に辿り着くには……、まずは、正面入り口の脇にある通用門から場内に入る。アスファルト道を五十メートルほど進み、突き当りのゲートを抜けて、ダートコースに入り込む。これを横切り、厩舎村へと続く僅か一本の土道を進む。

競馬場の塀を乗り越えて侵入する手はあるが、馬運車で脱出するには、逆経路を辿るしかない。

「防犯カメラは、どこに？」

「設置されているのはスタンドだけだ。通用門や厩舎村には一台もない。そんなものを必要としないくらい平穏だったわけだよ」

「通用門ですが、外部者でも自由に出入りできるんでしょうか」

「シャッターはあるんだが、住民がいつでも出入りできるよう、常時開放されている」

犯人は、こうした内部構造も知っていた者に限られるのだが、一般公開された際に下調べをすることも可能だった。

質問が長引き、舟木の顔に苛立ちが生じた。

最後に、犯行時刻を特定しておきたかった。

昨日の取材は、ブームの恩恵を受けている栃木競馬会、地元観光協会、旅館、グッズ販売業者などを対象に、終日、競馬場外で行われた。このため、真由自身はキボウノヒカリの姿を一度も見ていなかった。

取材チームが舟木宅に戻ったのは、午後九時頃だった。

その時、食堂に舟木雅夫、奈央子、厩務員三人が顔を揃え、テレビを見ていた。

真由はシャワーを浴びた後、チームの皆とともに食堂で遅い夕食を済ませた。

食後に、寝酒のつもりで、焼酎の水割りを飲んだ。疲れのせいもあったか、すぐに眠くなり、皆より先に部屋に戻った。十時近くだったと記憶している。

この時点まで不審な人物を見掛けていないし、異常な物音も耳にしていなかった。

「ヒカリを最後に見たのは？」

「あんたが食堂を出た直後だったかな。米田が馬房に行っている。もちろん、その時点で何も異常はなかった」

米田は、キボウノヒカリが入厩して以来ずっと担当厩務員を務めている。

「皆さんは、何時頃、寝ましたか」

「俺は、米田が出た後、すぐに寝た。厩舎は朝が早いから、皆、寝るのも早い。眠れそうにない時には、睡眠薬を使う者だっている。そうじゃないと、体が持たないんだ……。そんなもんで、十時くらいになると、どの家も真っ暗だよ」

これまで何泊かしているので、真由も夜の様子は目にしている。

真由は、その場にいるチームの皆に、就寝時刻を問うた。

一番遅く寝たのが咲で、十一時頃だったという。

「ヒカリがいなくなったのを確認したのは？」

「三時頃、米田が馬房に行った時、既に空だった」

「そんな真夜中に、米田さんは、なぜ馬房に行ったんですか。何か異常を察知した、とか」

「真夜中じゃないよ。三時は、厩務員の起床時刻だ。馬たちが、ちょうど目を覚ます頃だからな。夜中に、体調に変化がなかったか、厩務員は起きてすぐにチェックする」

犯行時刻は、午後十一時から午前三時の間。厩舎村の人々の熟睡時刻を考慮すると、もう少し狭めてもいいかも知れない。

「広場あたりで不審な物音を聞いた人はいないんですか。エンジン音とか、ドアを開け閉めする音とか」

「聞いてはみるが……、誰かいたとしても、意味がないだろうがぁ」

舟木が焦燥を露わにした。

「連れ去られた時の状況を知ったところで、今さらどうにもならない。もう事件は起きてしまったんだ。馬運車の行き先を突き止めるしかないじゃないか」

「警察に通報しましたか」

「いや、まだだ。どうすべきか、俺たちには決められない。馬主さんはもちろんのこと、競馬会の指示を仰がなければならんのだよ」

その時、受信があったようで、舟木が携帯を手にした。

メールのようだった。

ディスプレイを見詰める舟木の顔が、見る見る強張《こわば》った。

脇から覗きこんでいた奈央子の口から唸り声が洩れた。

「な、なんてことを！」

図太さを絵に描いた女らしからぬ動揺ぶりだ。

真由の胸が大きく波立った。

「犯人からの連絡なんですね」

そうとしか考えようがなかった。

「いや、違う。あたりを探し回っている仲間からの連絡だ」

咄嗟に出た嘘だと明らかだった。

「見せてください」

真由が手を差し出すと、舟木は携帯を後ろ手に隠した。

「駄目だ。勘弁してくれ。ほんとに駄目なんだ」

「奈央ちゃん、何なの。ちゃんと教えて」

と詰め寄ったが、震えるばかりで言葉がなかった。

表情を窺うと、震えは恐怖ではなく、怒りによるものと見受けられた。

真由は、瞬時にして事態を見極めた。

犯人が危険を冒してまでキボウノヒカリを連れ去ったからには、当然のことながら目的があったはずだ。

考えるまでもない。ズバリ、金だ。

だが、アイドルホースといっても、競走馬としてはもはやタダ同然の価値しかない。

……とするならば、結論はただ一点。

「身代金の要求があったんですね」

舟木と奈央子は言葉を返すことなく、逃げるようにして立ち去った。

その後ろ姿を、真由は冷たい目で見詰めた。

あたしの推理に間違いはない、と確信した。

4

真由は、情報ワイド局次長で、特番の制作責任者でもある新堂武志の携帯を鳴らした。

まだ四時十分だ。目覚めていないだろう。

だったら、起きるまで着信音を鳴らし続けるまでだ。

「おーい、オヤジ、いつまで寝てんだ。大スクープだぞぉー」

しぶとく待った甲斐《かい》があって、ようやく通じた。

キボウノヒカリが何者かに連れ去られた件を告げ、「どうやら、身代金目的の誘拐事件と思われます」と付け加えた。

電話の向こうで、息を呑む気配がした。

しかし、それも束の間。すぐに弾んだ声が返ってきた。

「こりゃ、凄い。大スクープだ」

「特番が飛んじゃいますけど」

「そんなの、もう、どうでもいい」

と、瞬時にして切り捨てた。

特番の制作責任者をして、この豹変《ひょうへん》ぶりだ。さすが魑魅魍魎《ちみもうりょう》の世界を渡り歩いてきただけのことはある。

「事件報道のあらかたが、既に起きた事件を後追いする形だが、誘拐事件は違う。全てが現在進行形で展開していく」

舌なめずりしている顔が目に浮かぶようだ。

「まさしく筋書きのないドラマが今、始まったというわけですね」

こちらも、顔が緩んでしまう。

「もっとも、誘拐といっても、お馬ちゃんですけど」

「負け組に希望の光を灯すと擬人化されている馬なんだ。国民は、人の誘拐事件と同様の関心を寄せる。なお都合がいいことに、馬が誘拐されても窃盗事件として扱われるから、報道に制約は一切ない」

誘拐事件の場合、人質の命を危うくさせないよう、マスコミ各社で協定を結び、報道を控える。

だが、人質ならぬ馬質ならば、取材も報道も自由に行える。

新堂が声を弾ませる。

「前代未聞《ぜんだいみもん》の誘拐ドキュメントを、心ゆくまで楽しませてやろうじゃないか」

「刻一刻変わっていく事態を、生中継で伝えてあげます」

「もう一点、視聴者にとって非常に興味深いのが、犯人探しだ。視聴者全員参加型の捜査劇に仕立て上げてみせるさ。ＳＮＳでの反響とかも交え、グイグイ引き込んでやる」

「こちらは、推理に役立つ情報を、どんどん提供してあげますよ」

「果たして命が助かるのか。誰も結末は見通せない。国民は固唾を飲んで番組を見続ける。勝手な推理や憶測が日本国中で飛び交う。とんでもない視聴率が叩き出せるぞ。今すぐ上層部の了解をとる」

「第一報は既に撮影済みです。すぐにデータを送ります」

「そっちのスタッフだけじゃ、とても足りないな。応援部隊をバンバン送り込むから、君が陣頭指揮を執ってカメラを回し続けろ。もし、取材を妨害する者がいたとしたら……」

最後まで言わせない。

「邪魔する様子も、ぜーんぶ公開してやりますよ」

「よしっ、その鼻息で突っ走れ」

新堂に発破をかけられ、真由の胸は大いに高鳴った。

5

新堂との電話が終わって間もなくのことだった。キボウノヒカリの馬主、坂崎晋太郎が舟木厩舎に駆けつけてきた。

カメラは、ベンツから降り立った坂崎の姿を既に捉えている。

見るからに慌てふためいている様子だ。

眩《まばゆ》い光の中、坂崎はこちらに駆け寄り、叫んだ。

「やめてくれ！ それどころじゃないんだ」

真由は一旦、撮影を中断させた。もちろんここで引き下がるつもりなど毛頭《もうとう》ない。

特番の放送権料五百万円の内、前金として二百万円を坂崎に払ってある。想定外の展開となったが、取材する権利はまだ生きている。

今後も取材妨害がないよう、高圧的な態度で応じてやる。

「我々はキボウノヒカリが連れ去られた事実を把握していますし、報道もします。よろしいですね」

「金をもらっている以上、何をしようが、そっちの勝手だが……、私としてはどう対応していいのやら、頭が混乱しているんだよ」

戸惑いを隠さない顔を見て、これなら何でも聞き出せると踏んだ。

ズバリ問う。

「犯人から、身代金の要求があったんですね」

坂崎は素直に頷きを返した。

「さっき、こんなメールが入ったんだ」

と、スマホのメール画面を呼び出し、真由に見せた。

《キボウノヒカリの馬主、坂崎晋太郎様。先ほど同馬を誘拐した者です。レースまでに無事に戻したければ、身代金をご用意ください。金額はそちらにお任せしますので、皆さんで話し合って決めてください。警察に通報したければ、どうぞご自由に。ガッカリするだけですから（笑）》

最後のオチョクリは何を意味するのか。それと、身代金の額を皆で決めろというのも、実におかしな話だ。

しかし、考えている暇はなかった。岸本が状況を察して、こちらにカメラを向けていた。

ここから先のやりとりは、放送を前提として進める。

「ただ今、馬主の坂崎さんが駆け付けたところです。犯人から身代金を要求するメールが入っています。文面は……」

真由は、二度繰り返して読み上げ、坂崎に問うた。

「単なる連れ去りではなく、身代金目的の誘拐事件と判明したわけですが……、馬主さんとして、犯人の要求にどう応えますか」

坂崎は、苦渋に満ちた顔で、カメラに面と向かった。

いつもの強《したた》かで狡猾《こうかつ》な表情は微塵も見せず、テレビ用の顔となっている。

坂崎のコメントを引き出すべく、真由は質問を重ねた。

「身代金の額を皆で決めろと言っていますが、実際にお金を出すのは、坂崎さんですよね」

「私としては、全国のファンの皆様のためにも、何としても無事に救出したいとの思いでいっぱいです」

唇を噛みしめ、声を絞り出すようにして続けた。

「ですが、私が用意できる金は……、実は、事業が不振で、ほんの僅かしかないんです」

「具体的には？」

「百万円くらいなら、なんとか……」

ふざけんじゃないよ、このドケチ野郎がぁ！

思わず舌打ちしそうになったが、「後半部分はカットします」と冷ややかに告げた。

身代金の受け渡しは、誘拐事件の最重要場面だ。これ無しでは、話が転がっていかない。急テンポで移りゆく局面があってこそ、視聴者を巻き込める。

オフレコで坂崎と話を進めることにした。

「それ相応の身代金を払わないと、ヒカリの命が危うくなります。馬主は金が惜しくて見殺しにしたと、全国のファンから非難の嵐が巻き起こりますよ」

「そうなるように、テレビ局が仕向けるってかぁ」

坂崎は、持ち前のふてぶてしさを露わにした。

「しかし、無い袖は振れないって話さ」

この男は、金に汚くて、信用できない。そんな悪評を、真由は度々耳《たびたび》にしていた。

そもそも、キボウノヒカリの連敗記録は、坂崎の強欲さゆえに生まれたと言っていい。出走するだけで得られる奨励金が欲しくて、無理使いした結果である。

同馬の出走回数はこれまで百九十二戦。こんなに走らされた馬は、日本競馬史上で数頭しかいない。年に十五戦出走できれば、奨励金だけで預託料が賄えると聞くが、二十二戦も酷使された年もあった。

これは、キボウノヒカリの競争能力が最低ランクという証でもある。能力の高い馬には、勝ちを意識したレースをさせるから、疲労が強く出るし、故障の心配もある。能力が低く、タラタラとしか走れないから、酷使にも耐えられるわけだ。

キボウノヒカリの血統だが、これも酷《ひど》い。父馬と母馬を同じくする『全兄馬』は既に引退しているが、五十五戦全敗。一歳下の『全妹馬』は金沢競馬で現役を続けており、七十二戦全敗である。外見のみならず競争能力まで全姉馬と似たようだが、こちらは並みの駄馬とあって、その存在すらほとんど知られていない。

これほど血統が悪いと、値が安くても買い手が付かない。おそらく坂崎は、処分価格とも言うべき安値でキボウノヒカリを買い取ったはずである。

「キボウノヒカリがこれほど人気となって、笑いが止まらないほど儲けていらっしゃると思いますが」

関連グッズが売れに売れているし、テレビ番組、イベント、観光ツアー等々からも多額の収入を得ているはずだ。キボウノヒカリの放送にあたっても、毎度、テレビ局間で放送権料を競《きそ》わせている。

「私が経営する建設会社は、倒産寸前とも言える状況なんだ。多少の実入りがあったからといって、借金返済に全部消えていってる。本当にカラッケツなのさ」

言葉の割には、悲壮感がまるで感じられない。要するに、返ってくるあてのない身代金など、一円たりとも払いたくない、というのが本音だろう。

「ところで、犯人から舟木さん宛にもメールが入っているようでした。同じ文面かどうかは、分かりませんが」

坂崎は鼻で笑った。

「馬鹿な話だ。この厩舎村で金に余裕のある者など一人もいない」

真由も首を捻る。身代金なら、犯人が坂崎に対し、金額を指定して要求すれば事足りる。金額を被害者サイドに委ねるというのも、実におかしな話だ。

では、犯人が要求額を曖昧《あいまい》にした意図は何なのか。答えは、すぐに出た。

坂崎が最小限の金しか出さないと、犯人は見越しているのだろう。そこで、栃木競馬の存続を強く願う舟木をはじめ厩舎村の全員、さらには競馬会も加わらせて、多額の金を引き出させようと企んだ。いわば圧力団体として利用しようという魂胆《こんたん》だ。

「あんたに相談がある。内密の話だ。こっちに来てくれ」

坂崎は、スタッフたちから離れた場所に、真由を導いた。

「身代金だが、テレビ局で用意してくれんかね」

唐突だが、狡猾《こうかつ》な坂崎らしい切り出しだった。

呆れて返す言葉もない真由に、重ねて追い討ちをかけてきた。

「ヒカリが帰ってこなきゃ、特番は成り立たない。これまで使った金がパァーになるぞ」

「誘拐事件の報道に切り替えますので、どうぞお気遣いなく」

「なるほど、そう来たか」

坂崎がにやつく。

「それにしても、身代金の受け渡し場面があるかどうかで、インパクトがまるで変わってくる。テレビ局としては、ぜひ撮りたい場面なんじゃないかね」

腹立たしい限りだが、こちらは足元を見透かされている。

「ま、金額の問題もあるし、あんたの一存では決めかねるか。まだ時間はあるから、上司と相談してくれ」

たぶん……いや、間違いなく、この申し出をテレビ東都は受ける、と真由は踏んでいる。問題は金額だ。テレビ業界全体が不況に見舞われ、制作費は削減される一方。大スクープとはいえ、犯人が納得するだけの金を捻出できるのか、まったくもって心許《こころもと》ない。

もう一つ問題がある。身代金をテレビ局が用意した場合に、視聴者がどんな反応を示すかだ。視聴者は、キボウノヒカリのファンだけではない。テレビ局が犯人の思うがままに操られていいのか。そんな疑問の声が、自称良識派から噴出する恐れがある。

「もし、テレビ局が出すとしても、表向きは坂崎さんが出す形にしてください」

坂崎のペースに乗せられるのは癪だが、懐柔策《かいじゅうさく》を示すしかない。

「私のほうからお願いしたいくらいだよ。馬主として精一杯のことをやった、とファンから称賛されるわけなんだから」

真由も気持ちを固める。身代金を肩代わりするからには、坂崎に勝手な振る舞いは許さない。こちらの操り人形に仕立て上げ、被害者役を務めさせる。

「隠し事は一切なしでお願いします。犯人から接触があったら、直ちに連絡してください」

「承知した」

「ところで、警察に通報は？」

「犯人はガッカリするだけと言ってるじゃないか。馬の誘拐ごときで、警察は本腰を入れないという意味だろう。私は無駄な事は一切しない主義だ」

テレビ局としては大いにありがたい。警察が関与しないなら、好き勝手に取材が行え、放送に何の制約も受けない。

「それと、もう一つ……」

坂崎は、意味ありげな目を向けた。

「なんですか」

「厩舎村という閉ざされた空間で起きた事件なんだ。真っ先に疑われるのは、内部犯行なんじゃないかね。警察もそう見て捜査を進めると、私は危惧しているわけだよ」

聞き流せる話ではなかった。だが、即座に否定もできない。

「身内による犯行と分かったら、どうなる？　テレビ局としても、スクープどころか、茶番劇を放送してしまうといったお粗末な結末になるんじゃないかね」

「まさか、厩舎村の誰かが誘拐犯だと？」

真由は、首を激しく左右に振った。

「あり得ませんよ、絶対に。ヒカリがいてこそ、全員が生き延びられるんですから」

「ブームはいつか終わるものだ。そんなこと、厩舎村の連中だって分かってるよ。ヒカリをどこかに隠し、私から大金をせしめようと企んだとしても不思議じゃない。なにせ、借金まみれで自己破産寸前の厩舎もあるくらいだからな」

真由の心が大きく揺れた。

見落としてはならない点が、もう一つある。坂崎と舟木のメールアドレスを誘拐犯が知っていたという事実だ。該当する人物は、ごく限られているのではないか。

厩舎村の人々が、昨夜、どこにいたのか、調査しなければならない。ここには十四厩舎あり、調教師、厩務員、騎手、及びその家族を含め、総勢百五十六人が住んでいる。全員のアリバイを調べるとなると大変だが、手分けしてでもやっておく必要がある。

その一方で、だけど、待てよ、とも思う。

たとえ犯人が厩舎村の住民であったとしても、構わないはずだ。

これから流すのは、ライブ報道であって、ミステリードラマではない。刻々と変わりゆく事態をリアルタイムで伝えさえすれば、十分なのだ。事件の真相を不明のままで終わらせてもいいし、テレビ局にとって不都合な事実は報じなくても、一向に構わない。

成り行き任せでいこう、と開き直ったら、気が楽になった。

こうなると、坂崎にひと言返さずにはいられない。

「坂崎さんの自作自演説も考えられますよね。テレビ局に身代金を肩代わりさせ、まんまと自分がせしめるといった筋書きですけど」

経済的に苦しいという坂崎の言葉を真に受ければ、あり得る筋と考えたのだが、

「こりゃ、参った、参った」

坂崎が、おどけ顔となった。

残念ながら、心にやましいところがあるといった感じではなかった。

頭にポッと浮かんだ別の推理を口にしてみる。

「キボウノヒカリに保険を掛けていたりして……」

保険金目当ての殺害事件を念頭においている。何者かに命じてヒカリを誘拐させ、殺害させる。一方で、坂崎は被害者役を演じ切り、死亡時の保険金を受け取るという筋だ。

「面白い推理だが、そいつも見事に外れだ」

と、坂崎が笑い飛ばす。

「競走馬の死亡保険は確かにある。だが、対象となるのは中央競馬の超一流馬だけだ。それも、種牡馬《しゅぼば》となってからの想定収入を大きく下回る金額でしかない。どの馬でも入れる保険があったとしたら、馬を殺して保険金を騙し取る輩が続出するだろ」

もっともな話だ。真由の質問もこれで終了だった。

「ま、お互いのためということで、被害届は出さずにおこう。今後も、スポンサー様の言いなりに動くさ」

「では、録画を撮らせていただきます。犯人に向けて、身代金の支払いを了解した旨、語り掛けてください。金額に関しては、そちらから要求を出して欲しいと伝え、反応を待つことにしましょう」

「分かった。真心を尽くして訴えてみるよ」

真由は、スタッフを呼びよせた。

坂崎にカメラを向けると、神妙な顔つきに一変した。

「身代金は、私が必ず用意するとお約束します。但し、今すぐ掻き集められる現金には限りがあります。まずは、そちらの要求額を教えてください。誠心誠意をもって対処いたしますので……」

たいした役者だ。声を詰まらせ、涙さえうっすらと浮かべている。

「一刻も早くキボウノヒカリを戻してください。お願いします……どうか……どうか……」

坂崎は、胸の前で合掌《がっしょう》し、深々と頭を下げた。

撮影を終えると、ケロッとした顔に戻り、「こんなもんでいいかな」

「上出来です。この後も、今の調子でお願いします」

坂崎は、舟木宅の一階にある事務所に入っていった。

しばらくして、奈央子が事務所から出てきた。

悲劇のヒロインの姿は、ぜひとも押さえておきたい。

「奈央ちゃん、ちょっとこっちに来て」

と呼び掛けると、素直に従った。

「身代金要求の件、坂崎さんから聞いた？」

「うん。同じメールが父の携帯にも入っていたけど……、あたしたちのようなドン底貧乏に金を要求したって、無理な話だよ。犯人は、この村の実態を知らない奴に違いないね」

「犯人の意図は、厩舎村の皆で坂崎さんに頼み込んで、できるだけ多額のお金を出すようにして欲しいということだと思うけど」

「桁外れのケチだからね」

奈央子は、鼻に縦皺《たてじわ》を寄せた。

「でも、おかしいんだよね。あいつったら、金ならいくらでも出すって大見得切っちゃってさ……。やっぱりねぇ」

奈央子が意地の悪い目を向けた。

「テレビ局が払ってやるわけかぁ」

「そんなこと、絶対にありません」

思わず目を逸らしたのが、まずかった。

「安心しなよ。絶対に口外しないから。あたしたちにとっちゃ、ヒカリが帰ってくるなら、金の出所《でどころ》なんか、どうでもいいってこと」

推理は後回しにして、今は取材に専念する。

「全国のファンや犯人に向けて、ひと言、欲しいんだけど」

「いいけど、出演料はいくら?」

愛馬が危険に晒されているのに、この計算高さだ。キボウノヒカリを自分がスターダムにのし上がるための踏み台くらいにしか思っていないのだろう。心配げな素振りは一切なかった。

真由は、にっこりと返す。

「後日、そちらのプロダクションとギャラ交渉するわ。悪いようにはしないから」

「そんじゃ、オッケー。泣きじゃくったほうがいいかな」

「ええ。最初だから、少しオーバー目で、お願い」

奈央子は、いつもと同じように、カメラを向けた途端、純情可憐な乙女に変身した。

「ヒカリは夏負けしやすいんです。今日はこの夏一番の猛暑だと言うし……、体調を崩すんじゃないかと、心配で、心配で……」

もう、既に涙ぐんでいる。

「私が身代わりとなっても構いません。だから……今すぐ……ヒカリを返して！」

と叫び、その場に泣き崩れた。

ファンの心をギュッと掴む迫真《はくしん》の演技であった。

6

真由は、身代金の件で了解を得ようとスマホを手にした。

ちょうどその時、当の新堂から電話がかかった。

「事件の情報は、五時三十分スタートの《お目覚めワイド》の冒頭から流すことに決定した。展開次第では、十九時までブチ抜きの生放送もあり得る」

「こちらからもお伝えすることがあります」

真由は、身代金要求メールの文面を伝えた。

「よしっ！　番組の冒頭から連れ去りではなく、身代金目的の誘拐事件と断定して放送できるな。ますます強烈なインパクトを与えられるぞ」

テレビ東都では、『情報ワイド番組』が、月─金ベルトで六本組まれている。毎日、五時三十分、八時、十時、十一時五十五分、十四時、十六時五十五分スタートで、合計の放送時間は、十九時までの九割近くを占める。残りの再放送枠を潰せば、十三時間三十分に及ぶ特番が可能となる。

民放各局とも、同じ時間帯に同様の『情報ワイド番組』を組んでいる。何とか特長を出そうとしているが、報じられる内容や映像は、どこも似たり寄ったり。そのうえ、同じＶＴＲを早朝から夕方まで何度も使い回すから、視聴者もうんざりしてしまう。

そんな中、展開も結末も予測不能の事件がリアルタイムで報道される。視聴者にとってまさに初体験。ブッチ切りの高視聴率が稼ぎ出せて当然だ。

なぜ、テレビ局は、視聴率だけを追い求めるのか。度々聞かされる批判だが、理由は実に単純である。営業収入の大半を占める広告収入は、つまるところ、視聴率を金額に置き換える形で決定される。それ以外の基準は、創設以来、今もって、ない。

つまり、視聴率は、テレビ局の経営をダイレクトに支える唯一無二の価値なのだ。何はさておき、血眼《ちまなこ》になって追い求めるのが番組制作者の使命である。

「坂崎と奈央子の談話も収録済みです。ただひとつ問題なのは……」

身代金は秘密裏にテレビ東都で用意して欲しい、という坂崎の要望を伝えた。

舌打ちが返ってきたが、

「ま、飲むしかないか。こちらは、もう走り出しているんだから」

「ぶっちゃけ、いくらまでなら用意できますか」

「金額を含め、今後の交渉はテレビを通して公開で行いたい、とキャスターから犯人に語り掛けさせたら、どうかな」

頭の回転の速さに、舌を巻く思いだ。誘拐犯との交渉なんて、誰もドラマでしか見たことがない。視聴者の興味は否が応でも高まる。

「犯人が応じてくれたら、私たちにとって、まさに理想的な展開ですね」

「まずは犯人の要求を聞き、そのうえで冷静に対処すれば、何とかなるだろう」

「もし、とんでもない金額を吹っかけてきたら？」

「表向き、払うのは坂崎だ。法外な金額だったら、交渉を長引かせてみる手もあるよ。視聴者の怒りの声も交えながら、番組を進めればいい」

新堂の楽観的な言葉の裏を、真由は読んだ。

テレビ局としては、高視聴率さえ取れたなら、どんな結末を迎えようと構わない。たかが馬なのだ。たとえ最悪の事態に至ったとしても、救出に万策を尽くしたとアピールすれば、局の責任は問われない。視聴者は怒りの矛先を犯人に向ける。

「一応、これもお伝えしておいたほうがいいと思いますが……、坂崎は内部犯行を疑っています。今のところ、これを否定する根拠は掴めていません」

「心配するなって」

と陽気な笑い声が返ってきた。「犯人なんか、誰でも構わないだろ」

先ほど真由が心に描いたとおりの答えだった。これがテレビ屋の発想なのだ。

「視聴者は推理を楽しむ。我々はその場を提供する。ただそれだけで物凄い視聴率が稼ぎ出せる。仮に内部犯行だったとして……、栃木競馬が潰れようが、どうでもいい話だ。むしろ真相解明編として、もう一つ特番が組めるというものさ」

ここまで割り切った言葉を聞き、真由の気がかりがまた一つ消えた。

「テレビ東都としては、かつてない大動員態勢で臨むこととなる。私も直ちに局のヘリでそちらに飛び、陣頭指揮にあたる」

「心強い限りです。お目覚めワイドでの現場レポートは、私が担当しますが、あちらのスタッフとの打ち合わせは？」

放送開始まで十分足らずしか残されていない。

「必要なし。筋書きのないドラマなんだから、全てぶっつけ本番の生放送でいく。キャスターやスタッフの全員に徹底させておくよ。混乱もあるだろうが、かえって臨場感が出るものだ。君は、自分の判断で臨機応変《りんきおうへん》に動いてくれ」

真由は、直ちにスタンバイを完了するようスタッフに促した。

「あんた、スッピンで登場するのかい。よっぽど自信があるんだな」

岸本が、からかいの目を向けた。

そう言えば、顔も洗っていなかったし、歯も磨いていなかった。

「しまった。さっきの録画、スッピンのままだった」

撮り直したいけど……、「うーっ、時間がない！」

「ライティングとカメラ・アングルで、アラが出ないようにしてやったぜ。だが、陽が上ると、ごまかしは効かねえな」

慌てて、舟木宅に向かいかけると、岸本が笑いを洩らした。

「咲ちゃんが、蒸しタオルとメイクセットを取りに行ったよ」

「それを先に言えって……。ほんと、ムカつくオヤジだね」

岸本は憎らしいほど落ち着き払っている。いつもなら舌打ちを返すところだが、今は頼もしく感じられる。

第二章　視聴者参加型の捜査ドキュメント

1

五時三十分──《お目覚めワイド》がスタートした。

通常だと、キャスターたちの挨拶から始まるが、キボウノヒカリの走る姿が映され、テロップが躍るようにして被さった。

『キボウノヒカリ誘拐される！』『犯人から金額不明の身代金要求！』

メインキャスターの桐島吾郎が第一声を発する。

「本日未明、衝撃的な事件の第一報が飛び込んできました」

ここで、真由がレポートした馬房小屋の収録映像が流された。

「さらに、この後、馬主の坂崎晋太郎さんと舟木調教師宛てに、犯人から身代金を要求するメールが入りました」

収録映像の続きが流された後に、

「現場で取材にあたっているテレビ東都の榊原真由ディレクター。現在、そちらの様子はどうなっていますか」

真由は、眩《まばゆ》い朝日を受けた馬房小屋の前に立っている。

「事件発覚からずっと、厩舎村の人々が総出で付近一帯を探し回っていますが、いまだ発見には至っておりません。手掛かりも全く掴めない状況です。この後、テレビ東都の取材陣が続々と現地入りし、大規模な捜索を行うこととなっています」

「警察は出動しているんでしょうか」

「いいえ、通報していませんので、出動はありません」

「そりゃ、おかしい。馬とはいえ国民のアイドルが誘拐されたのに」

こっちに振られても答えに窮するところだったが、桐島は相手を替えた。

「元警視庁の刑事で誘拐事件捜査も経験なさっている青木正義さんにお越しいただいております。青木さん、これほどの大事件なのに、なぜ警察の出動がないのでしょうか」

えらの張った厳つい顔つきの青木が答える。

「話は逆で、法的に言うと、いかに国民的アイドルとはいえ、馬は馬なんです。誘拐と皆さん思われるでしょうが、正しくは窃盗罪でしかありません。身代金要求は恐喝罪にあたります。どちらも親告罪、つまり被害届を警察に出してはじめて事件捜査が開始されます」

「被害届を出せば、警察は直ちに動いてくれるんですよね」

「うーん」

と唸った青木の顔が曇る。

「捜査に乗り出しはしますが……、窃盗と恐喝ですと、所轄署で扱う事案となり、僅かな捜査人員しか投入されません。誘拐捜査のような大動員はあり得ないんです」

「通報してもガッカリするだけ、と犯人は言っていますが、警察捜査の実態を見越していたわけですね。そうなると、テレビ局が探し出すしかないわけですが……」

女性キャスターの安藤千里が引き継ぐ。

「キボウノヒカリは臆病で、環境の変化に弱いと聞いています。しかも、北関東地方では、今日も酷暑が続くとの予報です。厩務員の世話なくして、体調に異変がないか、大変、心配されるところです」

危機感を煽るコメントを受けて、桐島がキリッとした面持ちで大きく頷いた。

「一刻も早く救出しなければ、命に係わる事態を招きます。さて、テレビ東都情報ワイド局長の高城さん、テレビ局として今後どう動きますか」

青木の隣席に控えていた高城が答える。

「総動員態勢で臨みます。関係会社も含め、報道スタッフ総勢三百名を現地に送り込むとともに、ヘリコプターやドローンを駆使して、空からの捜索も行います。我々が入手した情報や判明した事実は全て公開します。視聴者の皆様にも電話やＳＮＳ等での情報提供を、よろしくお願いいたします」

事前打ち合わせの時間はなかっただろうが、キャスターとコメンテーター二人の呼吸が見事に合っていた。

桐島がカメラに面と向かい、語り掛けた。

「まずもって、犯人に伝えておきたいことがあります。警察は関与しない、と分かりました。つまり、あなたが罪に問われることはないのです。身代金に関しても、こうやって国民の前で公にしたからには、必ず約束は果たされます。余計なことを考えずに受け取り、キボウノヒカリを無事に返してください」

真摯《しんし》に切々と語り掛け、視聴者の心を打つコメントだった。

桐島は、間合いを計った後、さらに続けた。

「この後の交渉は、全てオープンにやりませんか。お望みなら、私が交渉役となります。要求がありましたら何なりと、テレビ東都まで連絡してください。電話でも大丈夫です。警察ではないので、逆探知は行えませんから……。我々は、必ず誠意ある回答を、画面を通してお伝えします」

ＣＭが入った後、千里がコメントした。

「既に視聴者からの電話が殺到しておりまして……、中には、居ても立ってもいられない。現地に飛んで行って、捜索に協力したいとの申し出も多くあるんですが」

高城が首を左右に振った。

「お気持ちはとてもありがたいのですが、犯人が武器を携行している事態も予測されます。決してそのような危険な振る舞いはなさいませんよう、強くお願いします」

これは公式発言に過ぎないと、真由には分かっている。

ボランティア捜索隊がどっと押しかけてくれれば、一大祭りのように絵になるし、話題も盛り上がる。

強く制止したんだからテレビ局に責任はない、としたうえで、あとは自己責任で好きにしてね、が本音である。

嫌でもそうなる気がする。明日、明後日に来場を予定しているファンも多い。予定を早めれば、ドキドキの初体験が味わえるのだから、当然の成り行きとして人が押し寄せる。

桐島が告げる。

「舟木奈央子騎手のデビュー曲『キボウノヒカリよ永遠に』のデモテープを、入手しています。捜索にあたっている厩舎村の方々や報道陣を勇気づけるために、随時、流していきます」

新堂の指示による演出だろうが、もう、こうなると、焚き付けに等しい。奈央子の悲嘆《ひたん》ぶりを映像で見せられ、胸を締め付けられたファンも多いはずだ。ヒーローたちの一員に自分も加わりたいと、誰でも願う……いや、そのようにテレビ局が仕向けている。

どいつも、こいつも、いい根性してるよ。

今さらながらに、テレビ屋のあざとさに感じ入った真由であった。

2

真由は、スタッフを率いて、厩舎村内を駆け回っていた。

出くわした人々に、誰彼となくマイクを突き付け、インタビューした。この模様は全て生中継されている。

「夜中に不審な物音を聞いていませんか」とか、「最近、不審人物を見掛けたことはなかったですか」など、思いつく質問を並べ立てたが、誰もが困惑の顔となるばかりで、有力な証言は何一つ引き出せなかった。

でも、これでいい、と真由は内心ほくそ笑んでいる。

今や視聴者全員が捜査員である。ドラマと違い、実際の警察捜査は地味で、進展がもどかしいほどのろい。現場周辺の聴き取りもあらかたが空振りとなるだろう。こうした体験の一つ一つを視聴者とともに重ねてこそ、リアリティーが出るというものだ。

同時に、時間稼ぎにもなる。できることなら、キボウノヒカリの無事帰還を交え、記録達成レースまでの六十時間、ぶっ続けの生放送としたい。

六時半を回った頃、現場の上空に、新堂が同乗したヘリコプターが到着した。

『キボウノヒカリよ永遠に』をBGMとして、競馬場周辺の空撮映像が流された。

新堂自らがレポートする。

「ご覧のように、競馬場は、田園地帯の真ん中にポツンといった感じで建っています。周囲に目立つ建物はありません。また、人家も少なく、過疎化《かそか》が進んでいるようです。競馬場全体が高い塀で囲まれ、内馬場にある厩舎村と外部を結ぶ経路は、ただ一つしかありません。通用門が常時開放されていますが、往来するのは厩舎関係者だけですから、陸の孤島と言ってもいいでしょう」

さらに、競馬場の周辺も映し出され、順次コメントが入る。

「競馬場の通用口は、東西に走る県道に面しています」

「東方向に進むと……、平坦な地形で農村地帯となっています。民家も点在しています。さらに東に向かうと、集落があり、その先は住宅地を経て市街地に至ります」

「西方向に進むと……、森林地帯に入り込み、すぐ先は群馬との県境です。こちら方面に民家はほとんど見当たりません。早朝だからでしょうか、車の走行もほんの僅かです」

スタジオの桐島が、青木元刑事に問う。

「逃走経路を、どう読んだら、いいでしょうか」

「犯人の心理からして、人里離れた所に連れ込みたいでしょうね。馬運車だと人目に付きやすいですから」

「西方向に進み、群馬県内に逃走した可能性が高いと？」

「ええ。県境を越えろというのが、誘拐犯にとっての常識なんです。そうなると、県警間の連携がスムーズにいかず、捜査が混乱すると踏んでいるわけです」

青木の見解を受けて、新堂が告げる。

「では、群馬方面を重点に、上空からの捜索を続けます。陸路で報道スタッフをそちらに向かわせますし、ドローンも駆使します」

「全力を尽くしてください」

と桐島が応じ、話を転じた。

「付近一帯に設置された防犯カメラの解析を急ぐべきですね」

青木は、渋面で首を左右に振った。

「警察捜査が行われていない現段階では不可能です。県道に設置された防犯カメラは、警察の管理下にあります。プライバシー保護の点から、外部者が撮影データを見ることはできません。馬運車のナンバーをNシステムで検索し行方を探る手もありますが、同じ理由で、とれません」

「となると、我々にできることは？」

「商業施設等、民間の防犯カメラだけが頼りですが……、西方向にそれらしき建物は見当たりませんでしたよね」

「犯人は、そういった地域の事情もよく分かっている？」

「競馬場周辺から広範囲にわたり土地鑑のある者、もしくは入念に下調べした者と断定していいでしょう」

その後、上空からの映像と、競馬場を出た中継車からの映像が、リアルタイムで流され続けた。《お目覚めワイド》は八時に終了したが、出演者もスタジオスタッフもそのままで《報道特番・生放送キボウノヒカリ誘拐事件》に引き継がれた。

早くも外気は30℃を超えている。この夏一番の猛暑となることは確実だ。

真由の心が沸き立つ。報道スタッフの皆も同じだろう。『過酷な条件下での懸命な捜索』を強く印象づける舞台が整ったのだから……。

3

八時三十五分——事態が大きく動いた。

安藤千里が告げた。

「ただ今、キボウノヒカリの誘拐犯と名乗る者から、局に電話がかかった模様です」

次いで、「桐島さんと話がしたいと言っています」

スタジオのざわめきが、そのまま視聴者の耳に飛び込んだ。

アップで映し出された桐島の顔に緊張が走る。

「お待ちしていました。あなたは間違いなく誘拐犯なんですね」

いたずら電話の可能性も大いにあるので、当然の切り出しだった。

「そのとおりです。私が本日午前一時頃にキボウノヒカリを連れ出し、今も某所に監禁しております」

中年男と思われる落ち着いた声だった。

「キボウノヒカリは無事なんですね」

「ええ、もちろん。いま出走したら勝てるんじゃないかと思えるほどピンピンしてますよ」

クスッと笑いを洩らし、「もっとも、この馬が勝っちゃ、ファンもガッカリでしょうが」

「あなたは、馬の扱いに慣れていらっしゃる？」

「おっと、こりゃ、いい質問だ」

と余裕たっぷりにはぐらかし、「犯人像を絞りたいんでしょうが、現段階ではノーコメントとしておきます」

「いまこの場で、無事を確認させてもらえませんか」

「いいでしょう。電話を終えたらすぐに、現在の様子を生映像でユーチューブに流します」

無事確認を要求されることを予測していたのか、全く淀みのない受け答えだった。口調が滑らかで、声も冷静そのものだ。

「さて、身代金なんですが……、金額は、関係者で話し合って決めて欲しいとのことですが、なかなか決めきれないようなんです」

「そうでしょうね。アイドルホースと言っても、競走馬としての価値はゼロに等しい。要は気持ちの問題ですよ。ファンの皆さんの意見も聞いて決めたら、どうですか」

「それだと、時間が掛かります。この猛暑ですから、一刻も早くキボウノヒカリを救出したい。そちらも手間暇かけずに、お金を受け取りたいんじゃないんですか。警察が関与していませんから、現金振込といった手段も使えますよ」

「まあ、おっしゃるとおり……かな」

桐島の畳み掛ける口調に対して、のんびりとも言える声だった。

「そちらから具体額を要求していただくわけにはいきませんか」

「うーん、困ったなぁ」

と唸ったが、揶揄《やゆ》が込められていると感じられた。

「……では、一億円」

軽い調子で切り出した。

「うーん、正直に言って、困りました」

今度は、桐島が唸る番だった。

真由もドキッとしている。そんな大金は、テレビ局といえども出せない。

「やっぱり無理ですよね」

拒否されることを予測していたように、あっさりとした口調だった。

最初に思い切り吹っかけて、金額を吊り上げる算段なのか。

「今すぐ安全確実に身代金を受け取れるんですから……、考え直していただけませんか」

「それじゃあ……」

考えているような間が少しあった。

「百円では、いかがですか」

と、いかにも遠慮がちといった口振りで呟いた。

桐島が呆気にとられた顔を晒した。

無理もなかろう。同時に、日本国中から「はぁ？」の声が一斉に上がったに違いない。

落ち着いていると感じられる犯人だが、百万円を百円と言い間違えてしまったのか。それなら
それで、笑える話だが……。

「よく聞き取れませんでした。もう一度お願いします」

「要求額は、百円です」

今度はきっぱりと言い切った。

瞬間、桐島の顔に苛立ちが現れた。が、すぐに大笑いに変えた。

「おもしろい！　あなた、笑いのツボを心得ていらっしゃる。いやぁ、参りましたよ」

桐島は余裕を取戻し、先に進めた。

「ま、おふざけは、このくらいにしておいて……」

「私は、真面目《まじめ》な誘拐犯です」

これまた、人を食った言い草で応じてきた。

桐島が、爆発しそうな怒りを懸命に抑えている様子が、画面を通しても感じ取れた。

「笑いがとれたんだから、もういいでしょ？　無駄な時間を費やすのは、やめましょうよ」

「日本競馬史上最弱のキボウノヒカリに、世界誘拐事件史上最低金額の身代金。私としては結構気に入っているんですが……、いかがでしょうか、視聴者の皆さん」

どうやら笑える話ではなくなってきたようだ。

とはいえ、真由としては、犯人に拍手を送りたい。頭の悪い犯人では、せっかくの『視聴者参加型捜査ドキュメント』が台無しとなる。人々を弄《もてあそ》ぶ知能犯の登場により、謎が一段と深まり、緊迫感も俄然と増してきた。

「何か別に要求があるんでしょ？　単刀直入に言ってくれなきゃ、話が前に進まない」

桐島が不快感を露わにして、なおも食い下がった。

「全国の皆さんの前でお約束します。百円払っていただけたら、キボウノヒカリは無事に解放します」

「正気の沙汰とは、とても思えない」

熟練のキャスターをして、思わず口走ってしまった本音だろう。

「おちょくるのも、いい加減にしろ！」

と一旦は怒鳴り、「……と視聴者の皆さんも怒ってますよ」

まさしく視聴者の声を代弁した形だが、

「桐島さんは、交渉役としては、いささか冷静さを欠いているようですね。どなたでも結構です。

要求を受け入れるのかどうか、即答願います」

　ここで交渉役が高城に替わる。

「あなたの要求を全面的に飲みます。身代金の受け渡し方法を教えてください」

「本日の午後十一時に、舟木奈央子さんが身代金と携帯電話を持って、競馬場のゴール板の所まで来てください。その模様は、逐一、生放送で伝えること」

「ちょっと待ってください。深夜まで待たないと駄目ですか。この猛暑ですから、我々としては、一刻も早く」

　高城が早期解決を持ち掛けようとしたが、即座に言葉を遮られた。

「譲れません。運搬役も、舟木奈央子さん以外は認めません」

　桐島が勢い込んで、口を挟む。

「あなたは、受け取りに現れるんでしょうね」

「さあ、どうでしょうかねぇ。皆さんで賭けてみたら、どうですか」

　と混ぜっ返されたが、桐島は厳しい顔を崩さず、

「舟木奈央子さんに携帯の所持を命じたということは……、競馬場から別の場所に移動させるつもりなのでは？」

「誘拐犯が、犯行の手口を事前に明かすものでしょうか」

と笑いを挟み、「今後の展開は、視聴者を交えて推理してください。私もずっとテレビに齧《かじ》り付いていますよ。馬の世話以外に何もやることがなくて、暇を持て余していますので」

犯行に絶対の自信を持っているのか、見事なまでの饒舌《じょうぜつ》ぶりだ。

桐島が返答に窮し、再び高城の出番となる。

「こちらから、あなたに連絡する方法はありませんか」

「どうしても私の口から、解決へのヒントを聞きたいということでしたら、テレビで呼び掛けてください。折り返し、電話します。一度や二度なら応じてあげますよ」

「我々の捜索をこのまま続けても構いませんか」

「どうぞ、ご自由に。なんでしたら、キボウノヒカリを発見した人に賞金を出したら、いかがですか。皆で探し回りましょうよ。もっとも、この猛暑ですから、熱中症には、くれぐれもご注意を……。ちなみに、警察に通報しても構いませんよ」

まさに犯人の独壇場だ。どんなに探しても見つからないと確信しているのだろう。

「馬に危害を加えるようなことは？」

「決してありません。動物愛護の高邁《こうまい》な精神を、私は持ち合わせておりますので」

「では、身代金を受け取ったら、直ちに解放してくれるんですね」

「それが……、すぐに、というわけにはいかないんですよ」

桐島が、我慢ならないといった感じで、また口を挟んだ。

「こちらは要求に従うと言ってるんだ。解放を引き延ばすなんて話は、飲めませんよ」

「私にも、いろいろと事情がありましてね。そのへんは、あれこれ推理してください」

高城が落ち着いた声で問う。

「では、いつなら？」

「明後日のレースまでには必ず戻すと、お約束します。もちろん出走できる状態で」

余裕の態度は、終始一貫、崩れることがなかった。

「五分後に、キボウノヒカリの生映像をユーチューブにアップします。それでは、ファンの皆様、一旦これにて失礼いたします」

真由は、冷静に頭を巡らせていた。

現時点で、厩舎村の人々は、報道スタッフと一緒に捜索に出ているか、村に留まっているか、全員の居場所が明らかとなっている。従って内部犯行説は完全に崩れた。

また、身代金目的とは、とても考えられなくなった。百円というふざけた要求も理由の一つだが、何もここまで手の込んだ仕掛けなど必要ないからだ。

金の要求も受け渡しも、秘密裏に短時間で終わらせればいい。現金振込といった安易な方法をとったところで、足がつかない。今すぐにでも、やすやすと大金をせしめられる。

テレビに登場し、愉快犯を気取るなど、もってのほかだ。

もっとも、これでまた、謎が深まったわけだから、テレビ局としては、ありがたい話ではあるが……。

4

真由は、スマホでユーチューブの新着動画ページにアクセスした。

おそらく日本国中からアクセスが殺到していることだろう。サーバーダウンを心配したが、きっちり五分後に実況放送がスタートした。

「全国の皆様、こんにちは。私が真面目な誘拐犯です」

ピントが外れた映像とともに、犯人の声が流された。

スマホで動画撮影していると思われる。

「まずは、これが生映像である証拠を示します」

次第に映像が鮮明になり、現在放送中の《報道特番》が映し出された。

但し、画面は小さく、少し揺れ加減となっている。犯人は、撮影用とは別のスマホで番組を見ているようだ。

この点からして、電気が通っていない場所とも推定される。

「さて、ここがどこなのか。ヒントを差し上げましょう」

薄明りの中、コンクリート打ちっ放しの壁と床が映し出された。

照明がないことから、やはり電気が通っていないと見ていいようだ。

「段ボールが積まれた箇所もあります。場所を特定される恐れがあるので映しませんが、どうやら倉庫のようですね」

愉快犯を思わせるように、饒舌が収まっていない。

調子に乗って尻尾を掴まれるなよ、と忠告してやりたいところだが……、全てが計算づくの犯人だから、心配は無用だろう。

「キボウノヒカリですが、ご覧のようにピンピンしています」

まずは全身が映された。床には藁が敷き詰めてある。

次いで、顔のアップとなった。眉間に『流星』と呼ばれる模様がある。キボウノヒカリの最大特徴だ。目は、いつもと同じように穏やかだった。

「もちろん傷は一つもありません。全く暴れませんでしたから……。本当に素直で大人しく、扱いやすい馬です」

腹、脚、尻などが順次大写しとなった。

「ほら、汗もかいていないでしょ？」

言うとおりだったが、空調が使えるはずもない。とすると、倉庫とはいえ風通しが良いか、または、空調を必要としないほど涼しい場所とも考えられる。

「暑さ負けの心配はありませんし、飼葉や水も十分にあります。まっ、こんなところでよろしいでしょうか」

最後に、「では、皆さん、またお会いしましょう」と、続編があることを匂わせるような言葉があった。

真由のもとに、新堂から指示が入った。

「舟木調教師と奈央子、ヒカリの担当厩務員からコメントをとってくれ」

「私が、このままレポーターを務めていいんですか」

新堂が笑いを洩らす。

「あの美人さんは誰なのかと、局に問い合わせが殺到中だ。体力が続く限り、君がメインでいくしかなさそうだな」

よしっ！　真由の気合が一段と高まった。

スタッフを率いて、直ちに舟木厩舎の事務所に駆けつけた。

折よく三人とも顔を揃えていた。奥のソファーに坂崎の姿があったが、今は用がない。

最初は、舟木への質問だ。

「間違いなくキボウノヒカリでしたか」

答えは分かり切っていたが、いちおう確認しておく。

「ええ、もちろん、私らが見間違いするはずもありません」

横に並んだ二人も同時に深く頷いた。

「体調にも変化がないように見えましたが……、いかがですか、ずっとヒカリの担当厩務員をなさっている米田さん」

「大丈夫です。昨日の様子と変わった点はないんですが……」

何か引っ掛かりを覚えているような顔だった。

「気になった点がありましたら、些細《ささい》なことでもいいので」

「体毛が綺麗に整いすぎているんです。つやつや光っていましたし……、入念にブラッシングした直後じゃないと、あんなふうにはなりません」

「つまり、馬の扱いに慣れていると?」

「そんなレベルじゃありません。素人ではとても無理な作業です」

米田は、首を捻って続ける。

「もしかしたら、厩務員かも知れません。現役か、元かは分かりませんが」

犯人像に迫る重大な発言が出て、真由の心が騒いだ。

厩舎村の内部事情に精通しており、坂崎と舟木のメールアドレスを知っているなど、これまでの推理と重ねあわせると、一つの答えが出てくる。

「舟木さん、たとえば栃木競馬で元厩務員だった男など、心当たりはありませんか」

舟木は、首を捻った。

「定年退職した厩務員とか、体力的な問題で引退した厩務員は何人かいますが……、私が知る限りでは、高齢者ばかりです。犯人の声は、若すぎると思えるんですが」

「聞き覚えのない声でしたか」

舟木と米田は、同時に頷いた。

「念のため、元厩務員の氏名、住所を教えていただけますか」

「それが……栃木競馬の厩務員は皆、在職中は家族ともども厩舎に住み込んでいるわけでして。退職後、どこに移り住んだのやら……。手分けして、できる限り調べてみますが」

これを受けて、スタジオの高城が口を挟んだ。

「栃木競馬でないにしても、元厩舎関係者という見方は、捨てきれませんね。視聴者の皆様にお願いします。聞き覚えのある人物や、キボウノヒカリの監禁場所を突き止めるヒントなど、どんな情報でも結構ですので、お寄せください」

今度は、真由からスタジオの面々に尋ねる番だ。

「犯人の要求に対し、関係者はどのように対応すればいいのでしょうか」

青木が、元刑事の立場から答える。

「誘拐捜査の鉄則は、犯人の要求どおりに動くことです」

「ですが、要求額が百円とか、常識が通用する相手とは、とても思えません」

「被害者サイドが要求に従うかどうか。それを確かめたいがために、わざと馬鹿馬鹿しい要求を出し、しかる後に、本来的要求を出してくることもあり得ます。奈央子さんに携帯を持つよう指示していますから」

「となると、奈央子さんに、真っ暗闇の競馬場に行ってもらわなければなりません。別の場所に移動を命じられるケースも考えられます。極めて危険な役目となりますが……」

犯人は奈央子の動きを『生放送で伝えろ』と言っている。まさか、国民の多くが見詰める中で危害を加えるとは思えない。

だから、今の質問は、危機感を煽《あお》るため。それと、奈央子の悲壮な決意を引き出すために仕向けたものである。

奈央子は、真由の思惑《おもわく》を察したはずだ。

マイクを向けると、唇を噛みしめ、肩で大きく息をした。

ここは、泣きよりも、感情を抑えた演技のほうが効果的と考えたようだ。

「ヒカリを助けるためだったら……、何でもやります」

キリッとした眼差しをカメラに向けた。

真由は、さらに焚き付ける。

「たとえ、命の危険に晒されても？」

「構いません。私なんか、どうなっても」

涙こそ出さないが、心の叫びがそのまま視聴者に伝わるような悲痛な顔となっていた。

この女はテレビ向きだ、と真由はつくづく感心した。こちらが求める役割を、完璧なまでにこなしてくれる。

高城が、奈央子の決意を受ける。

「現地入りしているスタッフを総動員して、身辺警護に当たります」

厩舎村からの中継が終わった。

真由は、ソファーでじっとしたままの坂崎に歩み寄った。

「元厩舎関係者という線が浮かびましたが、犯人に心当たりはありませんか」

「さっぱり分からんよ。私が付き合っているのは、舟木厩舎だけだから」

困惑の顔からして、隠し事はないと感じられた。

「まさか身代金が百円とはねぇ……、どんな意図があるのやら」

薄く笑った坂崎に、皮肉で返す。

「ご安心ください。身代金は、お約束どおり局で用意しますから」

「きついジョークだなぁ。それじゃ、私も、勝手に動かないという約束を守るとしよう」

真顔だったが、重ねて釘を刺しておかなければならない。

「もしかしたら、犯人から坂崎さん宛に、真の要求が入るかも知れません。今や視聴者全員が捜査員ですから、犯人との裏取引を疑う人もいるでしょうね」

「やれやれ……被害者のうえに悪者扱いされては堪らんよ」

真由は、咄嗟に思いついた妙案を口にした。

「でしたら、これから東京のスタジオに向かっていただけますか。局の車で送ります」

できることなら、事件の当事者として特番に出ずっぱりとしたい。

「私に怪しい行動がないか、視聴者ともども監視しようという腹だな」

言い当てているが、番組を盛り上げたいとの気持ちが強い。

「いいえ、あくまで被害者としてです。場合によっては、犯人と直接やり取りすることもあるかも知れませんし」

「いいだろう。時間が許す限り、スタジオに詰めてやるよ」

真由は、この件を新堂に伝えた。

「よしっ、でかしたぞ……。放送権料とは別に、出演料を寄越せとゴネるようだったら」

「百円玉一つ、チャリーンで、オッケーですよ」

5

テレビ東都が、『キボウノヒカリ誘拐事件』専用の公式ツイッターを開設したところ、続々とコメントが寄せられた。
局がチェックしたうえで、代表的なコメントが、番組内でアトランダムに紹介された。
《身代金が百円だとぉー。最弱馬だからって、馬鹿にすんなよ。今すぐそこいらじゅうに百円玉をバラまいてやる。取りに来いやぁー！》
《金目当ての犯行なんかじゃないよ。犯人の標的は、間違いなく奈央ちゃんだ。代役は一切認めないと、ここだけヤケに拘《こだわ》っているんだからさ。奈央ちゃんにフラれた奴とか、ストーカーとか、怨恨《えんこん》の線も考えられるんじゃないのか》
《奈央ちゃんを拉致するつもりなのかな。しかし、陸の孤島だよ。テレビで生放送するわけだし、どうやって連れ去るんだろう》

《深夜の競馬場の暗闇の中で危害を加える計画なのかな。どこかに身を潜め、ナイフを振り回すとか、拳銃をぶっぱなすとか》
《ドローンに爆弾を積んで、奈央ちゃんの居る場所に落とす手もあるな》
ＳＮＳ愛好者の想像力は果てしなく広がるようだ。こうやって、憶測《おくそく》が憶測を呼び、エスカレートした挙句に『炎上』となるのだろう。
でも、話題の盛り上げという点では、テレビ局の思惑どおりだ。大いにやってちょうだい、と囃し立ててやりたい。
《俺たちの奈央ちゃんを守ってやらなくて、いいのかよ。歌手デビューも間近なんだぞ》
《よし、親衛隊を作ろう。皆、栃木競馬場に集合。奈央ちゃん、僕の命、君に預けたよ》
《こらっ！　抜け駆けすんなよ》
《埼玉ナウ。俺なんか、もう車で栃木に向かってるもんね。奈央ちゃーん、待っててね》
「ちょっと待ってくださいよ」
さすがに、まずいと判断したのだろう。スタジオの桐島が止めにかかる。
「皆さんの、居ても立ってもいられない気持ちは分かります。私だって、今すぐ飛んで行きたいくらいだ。しかし、かえって現場が混乱し、不測の事態を招く恐れもあるんです」
神妙な顔で訴えたが、本音ではない。

現に、先ほど新堂から報道スタッフに指示が飛んだ。

「ファンらしき者を見掛けたら、直ちにインタビューしろ」と。

捜索チームは四班に分かれ、それぞれ別方面で、馬運車の捜索にあたっているところだ。

この模様は、各班順次といった形で生中継されている。

既に炎天下である。アスファルトの道に熱気がゆらゆら立ち上る光景など、臨場感あふれる映像が次から次へと流された。

「ご覧のように、強烈な陽射しが容赦なく照りつけています。一歩外に出ただけで、頭がクラクラしてきます。車のボンネットも……、アチッ！　火傷《やけど》しそうです」

若い記者が、汗まみれの顔と喘ぎ声で現場レポートした。

これも新堂の指示だろう。捜索に何ら進展はないが、視聴者を飽きさせない工夫を随所に施し、番組を進行させている。

一時間ほど経過した頃、スタジオに居続けの高城が新情報を伝えた。

「先ほど、警備会社の全日本セキュリティ様より、舟木奈央子さんの身辺警護を無償で行っていただけるとのお申し出がありました」

「それは、素晴らしい！」

と桐島がヨイショする。

全日本セキュリティは、テレビ東都の大スポンサーで、この時間帯のレギュラー番組を単独提供している。この特番でも通常と同じく、同社のCMが流されているところだ。

商魂たくましく、絶好の宣伝チャンスと判断したに違いない。手回しよく、幹部から局に電話が入った。

「警備部長の緒方さん、御社は最大手の警備会社として長年の実績があり、高い信頼を得ているとお聞きしていますが」

桐島が、太鼓持ちの役割を担う。

「私どもでは、SP並みの特殊訓練を積んだ者たちが、大手企業幹部や著名人の方々の身辺警護に当たっております。今回は、スペシャリストを選りすぐり、舟木奈央子さんを完全ガードいたします。どうか、ご安心してお任せください」

「プロ中のプロが助けてくださるんですから、それは、もう、心強い限りです。ファンの皆さんを代表して、ご厚意に感謝いたします」

桐島は、感極まったとばかりの顔で、頭を下げた。

直後に、全日本セキュリティーのCMが流された。

なんとも、まあ、呆れ返るほど見事な段取りに、舌を巻く。

真由は思わず吹き出し、拍手さえ送っていた。

6

ＳＮＳを賑《にぎ》わせていたのは、やはり『身代金百円』の謎だった。

諸説紛々の中で、これは、と思える推理がツイッターに書き込まれた。

ハンドルネーム『ネット探偵Ｑ』と名乗る者からの投稿で、番組でも紹介された。

《狙いは、動画の閲覧料じゃないかな。犯人は、またお会いしましょうと言っていた。つまり、続編があるという意味だ。これを、今度は有料の動画サイトに投稿する。たとえばＦＭＸというサイトだったら、投稿者自身が好きに閲覧料を設定できる。一分あたり百円の閲覧料、それが答えだ！　一人一分としたって、百万アクセス取れれば、なんと、一億円！》

「おっと、これはかなり有力な説と見ていいんじゃないかな」

桐島が興味津々の顔となった。

真由も同じように受け止めた。急ぎ、動画投稿サイトＦＭＸの仕組みを調べた。

閲覧希望者はサイトに会員登録のうえ、クレジットカードなどでポイントを購入。繋いだ瞬間、また、一分経過ごとに規定のポイントが自動的に落とされる。投稿者が得たポイントは、いつでもサイト運営企業からの現金振込で換金可能となっている。

投稿者のやり方次第……たとえば、放送を長時間引っ張ったり、何度か投稿を重ねたりすれば、累計金額は大きく膨らむ。

ネットを活用した正当な商取引であり、犯罪行為は一切ない。

警察が関与していない今、身代金を銀行振込させるといった手っ取り早い方法もあるのだが、愉快犯としては、それでは面白くないと考えたのだろう。

動画投稿者には、アクセス数を誇りたいとの願望が強くあると聞く。目立ちたがり屋の犯人像とも合致している。

大金とともに、大いなる満足感を得たい。投稿界の一大ヒーローになりたい。それが犯人の意図だとすると、これまでの言動に説明がつく。

スタジオの面々も、真由と同じ見方に傾きつつあった。

桐島が切り出す。

「そういえば……、犯人は、最初に身代金は一億円と口走っていましたっけ。無理だと返され、いきなり百円に下げて、我々を煙《けむ》に巻いたわけですが」

青木が、したり顔で続ける。

「いずれにしても、注目が集まるほど、多額の金を得られる。であるがゆえに、テレビ局に電話してきたり、最初の動画を無料で見せたんでしょうね」

三十分も経たないうちに、新情報が飛び込んできた。

千里が勢い込んで伝える。

「ただ今、ＦＭＸに『キボウノヒカリはここにいる』と題した動画がアップされた模様です。スタートは十分後とあります。閲覧料は……、あっ、やはり一分百円ですね」

「犯人に大儲けをさせるのは、癪なんだけどなぁ」

桐島が苦々しげな顔で続けた。

「著作権の関係で、動画をテレビ画面でお見せすることはできません。ご了承ください」

言外に「だから、閲覧料を払って勝手に見てよ」と煽っているようにも感じ取れた。

実際、サイトのＵＲＬがテロップで示されたし、視聴者がアクセスする間を作るかのようにＣＭタイムとなった。

カメラがスタジオに戻ると、

「おーい、なに、モタモタしてんだ。こっちにもパソコン、寄越せよ！」

桐島の怒鳴り声が入った。

スタジオが混乱しているのか、オンエアのキューが桐島に伝わっていないようだった。

「放送、入ってます」

隣に座った千里が慌てて告げたが、その声も流れてしまった。

桐島が照れ笑いでごまかす。

「いやっ、こりゃ……、お見苦しいところをお見せしてしまい、申し訳ありませんでした」

これも生放送ならではの突発事。ご愛嬌《あいきょう》ですむ、と真由は軽く受け流した。

スタッフから桐島にタブレットが手渡された。ディスプレイがテレビの画面に映らないように、また、音声はイヤホンで聞くようにされている。

スタジオの喋りが止まった。置いてけぼりにされた視聴者は、パソコンやスマホに向かわざるを得ない。憎たらしくなるほどに、全てが犯人の思惑どおりに進んでいる。

真由も、スマホの動画に意識を集中させた。

黒画面に白抜き文字で『キボウノヒカリはここにいる』のタイトルがあり、『動画スタートまで、あと○○秒』と予告も入っている。

5・4・3・2・1・動画スタート――

キボウノヒカリの全身が、横方向から映し出された。特に異常は見当たらないようだが、今回は戸外での撮影に変わっている。

砂地に立たされている。背後に建物らしき物があるようだが、ボカシが入っているため、何だかさっぱり判別できない。

先ほどの生映像と異なり、犯人の声も流れてこない。

カメラ位置が固定されているのか、静止画にも似た単調な映像が三分間ほど続き……、プツンと切れた。少し間を置き、最初からリプレイされる。

「なんだよ、これー！　何も分からないぞ！」

桐島が、怒りをそのまま曝け出した。視聴者を代表した声でもある。

「こんな映像に、全国の皆さんがどれだけの金を払ったのか……。僕は、犯人に言いたい。身代金が欲しいなら、正々堂々と受け取りなさい。こんな詐欺まがいのことをするなんて……、もう、誰もあなたを信じませんよ」

「まあ、落ち着きましょう。動画を小出しにして、金を積み上げる算段かも知れませんよ」

と、青木が宥めに入る。

「誘拐捜査に短気は禁物。犯人との我慢比べでもあるんです。犯人が劇場型犯罪を企んでいることは確かなようですから……、別の動きをしてくるまで待ちましょう」

それがいい、と真由も思っている。

犯人に弄《もてあそ》ばれても、いいじゃないか。好きにやってよ、だ。

番組を持たせるためには、謎めいた出来事を取りまぜて、局面がクルクル変わって欲しい。誰もが想定していない事態に転がっていけば、ベストである。

そんなふうに、どっしりと構えていたのだが……、

「この映像、おかしいぞ」

動画を何度も繰り返し見ていた岸本が、口走った。

「この砂地の部分をよく見ろ。馬の影がこんなに長いぞ」

真由は、映像を見詰め、次いで、自分の足元に目をやった。

夏の正午間近の陽を受けて、影はこじんまりとしている。

「季節が違う？　これは……」

「生映像なんかじゃない。録画だよ」

ちょうどその時、米田厩務員があたふたと駆けつけてきた。

「これは今、撮影したものじゃないぞ」

と、断言したうえで、説明してくれた。

「素人目には分からんだろうが、体毛の厚さが今とまるで違う。これは冬毛と呼ばれるやつで、寒さから身を守るために生えてくるものなんだ」

「そういえば、厩舎村が一般公開された時期は？」

「今年の一月に二度あったが、その時に撮られた映像だろう。バックのボカシは、馬房小屋だと思う」

「とすると……、誘拐事件とはまるで関係のない便乗詐欺《びんじょう》？」

背筋がゾクッとした。衝撃のせいではあるが、騙された快感も少し混じっている。

岸本も、いっそ痛快といった感じで、笑いを洩らした。

「してやられたもんだぜ。身代金は閲覧料という推理を聞いた者が、急遽、ひと儲けを企んだのか……。いや、その推理を流した張本人が最初から仕組んでいたとも考えられるな」

「そいつに言わせると、別に騙してなんかいない、犯人が流した映像だと勝手に思い込んだほうが馬鹿なんだ、というわけかぁ。盲点を突かれたね」

とんでもない数のアクセスがあったはずだ。ほんの短時間に、いったいどれだけの金を掠め取ったのか。

数百万円?……いやいや、数千万円?……振り込め詐欺犯が腰を抜かすような金額であることは確かだ。

しかも、こちらは詐欺とは言えず、罪に問われない。投稿者自身が撮影した映像をアップさせたのだから、著作権もクリアだ。

厄介なのは、テレビ局としての道義的責任である。図《はか》らずも、騙しを手助けする形となってしまった。あくまで結果として、そうなっただけだが……。

視聴者からの批判は、あらかじめ封じておいたほうがいい。

「いっそのこと、俺たちも、撮り溜めしていた映像をサイトに流すかな。今すぐ退職してもいいくらいの金が入るぞ」

と、岸本が軽口を叩いた。

「わぁー、いいなあ。私も仲間に加えてくださぁーい！」

目を輝かせた咲の頭をぶっ叩いてやる。

「馬鹿ぁ言ってんじゃないよ……。もっとも、あんたと同じように、悪巧みする模倣犯が続々出てくる恐れもあるね。急がなきゃ」

そんなドタバタが巻き起これば、別の面白さが出てくるんだけど……、と思いつつも、真由は、この件を新堂に伝えた。

「私も、おかしいと思っていたところだよ。しかし、被害といっても、たかだか百円単位だ。誰も騒ぎ立てはしまい」

「面白半分に、局のツイッターを炎上させる者が出てくるかも知れませんよ」

「そうなったとしても、すぐに収まるだろうが……、模倣犯が続出すると、厄介だな。番組でも騙し動画に引っ掛からないよう、注意喚起《かんき》しておくよ」

「スタジオのドタバタぶりを見せちゃった後ですからね。気まずくなりませんか」

「キャスターを替えてしまえば、済む話だ。放送も長時間に及んでいるからな。同じ顔触れじゃ、もう持たない」

口振りからして、既にその準備に入っているようだった。

実のところ、視聴者から「桐島は犯人に小馬鹿にされている」とか、「青木のコメントは通り一遍で面白くない」など、非難の電話が寄せられているという。

「喋り好きの愉快犯なんですから、何でもありで、丁々発止のやり取りが欲しいですね」

「任せておけって。もってこいのお調子者を起用して、場を賑わすよ」

結局、総合司会は、お笑いタレント上がりで、昼のレギュラー番組でMCを務めている大杉ジョーク。ゲストコメンテーターとして、ミステリー作家で競馬にも詳しい本間怪名の起用が決定した。

第三章　容疑者浮上

1

正午をもって、特番のキャスターとスタジオスタッフが総入れ替えとなった。

冒頭で、これまでの経緯を示すＶＴＲが流され、厩舎村からの現場中継に切り換わる段取りとなっている。

とはいえ、特に伝えるべき新情報はなかった。

「次のコマでは、猛暑の中で懸命に取材を続けていると、アピールするだけでいいから」

と真由はスタッフに指示した。

汗でメイクが流れかけているが、敢えて直さない。

「ダラダラの汗を、画面ではっきり見せたほうがいいな。顔のアップも入れるぞ」

岸本の指示に従い、咲が霧吹きを手にした。

「遠慮するな。思い切りぶっかけてやれ」

「はぁーい。真由さん、目を瞑《つむ》っていてくださいね」

咲が、真由の顔と首筋に水滴をびっしりと浴びせた。シャワーを浴びた直後のようだ。

怒鳴りかけたが、カメラが切り換わった。

「こちら厩舎村では、住民から聴き取りを進めていますが、今のところ新情報は入ってきておりません。捜索も難航しており、手掛かり一つ掴めない状況です」

スタジオの大杉が、うまい返しをする。

「画面を通しても、灼熱地獄と分かるね。榊原さんも大汗をかいて頑張ってくれています」

さっき仕入れたばかりの内輪話を紹介する。

「実は、先ほど捜索隊の記者が、熱中症で病院に担ぎ込まれました」

「ヒエーッ！　それは、それは……、まさに命懸けだぁ」

大杉がノリよく調子を合わせた。

これが嫌味とならないのが、お笑い系出身ならではの強みだ。

「私ら、冷房を効かせたスタジオにいるのが、申し訳ないよね」

大杉のひと言で、画面がスタジオに戻った。

真由のチームは、ようやく小休止だ。

「もう、死にそ……」

体じゅうがベタ付いている。シャワーが恋しい。

冷房の効いた中継車に飛び込み、手が空いた者から順に昼食をとる。

真由は、カラカラの喉に、炭酸飲料を一気に流し込んだ。

ほっと一息ついたものの、どうせ、汗の分量を増やすだけだ。

岸本が仕出し弁当を頰張りながら、呟いた。

「スタジオでは、視聴者を巻き込んで、犯人像の分析に取り掛かるんだろうな。ミステリー作家も呼んでいることだし」

「どうせ根拠がない推測が飛び交うだけ。時間つぶしにはなるから、ありがたいけど」

少なくとも十九時までは特番を持たせなければならない。新展開がありそうもない今、スタジオ談義で何とか繋いで欲しいと願う。

「犯人は、奈央ちゃんの元カレとかいう推理も出ていたよな」

「外ヅラの良さに騙されて、さんざん弄ばれた男がいたかもね」

「長沢勝がそうだったとしたら？」

「えっ？　どんな奴だっけ」

なんとなく聞き覚えのある名だったが、何者なのか、すぐには思い出せなかった。

「舟木厩舎に所属していた騎手だよ。奈央子がヒカリに乗り始めたのは、騎手デビューした四年前からだ。それ以前は、ずっと長沢のお手馬だった。俺たちの取材が始まる前に引退したから、接点はなかったが」

すっかり忘れていたが、『長沢が元主戦ジョッキーだった』と聞いた覚えはある。

だが、キボウヒカリといえば奈央子だ。おそらくファンの大半が、長沢の名すら知ってはいまい。まして引退した騎手である。番組制作者として関心を寄せるはずもなかった。

真由は、スマホのインターネットで『長沢勝』を検索した。

栃木競馬騎手紹介のページに、まだその名が残っていた。『引退』の文字はない。栃木競馬の衰退を示すように、サイトの更新すらなされていないようだ。

【長沢勝】

一九七五年生まれ、現在四十二歳。十八歳で騎手デビュー、以来ずっと舟木厩舎――当時の調教師は舟木雅夫の義父、舟木清太郎――に所属。

年間リーディング・ジョッキーに三度も輝いている。とはいえ、草競馬での成績だ。地元の競馬ファンはともかくとして、全国的には無名の存在と言える。

「もう一度、振り返ってみようぜ。誘拐犯は、ヒカリを暴れさせることなく連れ出せた。世話も十分にこなせている。さらに、坂崎と舟木のメールアドレスを知っている。長沢は、これらの条件を全て満たしているよな」

岸本の読みに、真由も異論はないのだが、

「誘拐の動機は何だろう。奈央子は現在二十二歳。長沢の騎手デビュー時に、奈央子はまだ生まれていないよ。恋愛関係というには、歳が離れすぎている」

「所属騎手は厩舎に住み込んでいる。つまり、奈央子は誕生以来ずっと、長沢と一つ屋根の下で暮らしてきたわけだ。しかも、長沢は栃木競馬のヒーロー。少女に淡い恋心が芽生えたとしても、不思議じゃない」

「まあね、あのすれっからしに、純情可憐な少女時代があったと思うと、笑っちゃうけど」

サイトには長沢の顔写真も掲載されていた。

「うーん、野性味のあるイケメンと見えなくもないかぁ」

「厩舎は、親子代々引き続いでいくことが多いって話だぜ。舟木の子は、奈央子一人だ。騎手として大成した長沢を将来、婿に迎え、後継者にしたいと考えるのも自然の流れじゃないかな」

「そう言えば、舟木雅夫自身も元騎手で、先代の長女に婿入りして厩舎を継いだという話、聞いた覚えがあるわ……。となると、問題なのは、長沢が引退した経緯と理由だね。果たして円満な形で引退したのか」

「大怪我とか、体力低下で引退したなら、調教助手で厩舎に残るだろう。そうしなかった、あるいは、できなかったんだから、大いにワケありだ」

おのずと真由の頭に一つのストーリーが浮かぶ。

奈央子の気持ちか、舟木の差し金かは別として、いつしか二人は結婚を約束する関係となった。そこに降って湧いたのが、キボウノヒカリのブームである。奈央子が自分で言っていたように、『ド田舎のおねえちゃんから、一躍、全国的なアイドル』に変身した。背負わされたイメージは『純情可憐な乙女』だ。男関係は一切ご法度《はっと》となる。

マスコミにスキャンダルを嗅ぎつけられただけで、奈央子は転落。ひいては、厩舎村全員が破滅に導かれてしまう。邪魔者は消せ、とばかりに長沢を追放した。

いかにもありそうな話である。

「強引に引退させられたとすれば、舟木親子に復讐心を抱くのも当然。誘拐の動機は成り立つけど……、どう決着させるつもりなのか。まさかヒカリを殺しはしないよね」

真由としては、犯人捜しよりも、今後の展開のほうが気になる。

「殺すんだったら、馬房に忍び込んだ時にやればいい。長沢なら、わけなくできたはずだ。誘拐なんて手間を掛ける必要はない」

「舟木親子に危害を加えるとも思えないね。すんなりと厩舎村に入れるんだから、自宅に火をつけるとか、寝込みを襲うとか、なんでもできただろうし」

「警察に通報してもいいと言ってるくらいだ。この後も危害を加えることはないだろう」

「それにしても、舟木親子は、なぜ、あたしに長沢のことを話さなかったのか。隠していたとしか思えないね」

「あんたに話したら、放送で流され、一大スキャンダルになってしまう。奈央子のアイドル生命も、いきなりジ・エンドだ」

「やっぱり、それだよ！」

霧が晴れた気がする。

「全国民が注目するテレビ番組の中で、この事件の裏にスキャンダルあり、と暴かせようという魂胆《こんたん》じゃないかな。長沢にとって、これ以上ない復讐だよね」

「だが、当の長沢に、どんなトクがあるのか。多額の身代金を受け取っておいて、同時に、スキャンダル報道をさせるのは、簡単なことなんだが」

「ここから先は、考えるだけ無駄。犯人の出方を待つのみ」

と、気持ちを切り替えるしか、今はない。

「舟木親子に、長沢の件を突き付けてみるかい」

「さりげなく探る程度にしておく。惚《とぼ》けられたら、おしまいだからね。それに、あたしが長沢に関心を持ったと分かったら、奈央子がどう態度を変えるか、心配だし」

「悲劇のヒロインを演じさせておくに越したことはないわな。視聴者の夢を壊さないためにも」

「それが一番だよね。だから、番組で長沢の存在を明かすことも、今はしない。ちょっとでも臭わせると、視聴者は勝手に男女の愛憎劇《あいぞうげき》を組み立ててしまうから」

新堂にも当面は伝えないつもりだ。

「番組を引っ張って……最後の最後で、明かすことがあるかも知れないけど」

暴露の手段なんか、いくらでもある。たとえば、「SNSに長沢の事件への関与を示す投稿があった」とか、適当にデッチあげ、いきなり舟木親子を詰問すればいい。

ふてぶてしい奈央子も、この攻撃を受けたら、真っ青になって震え上がる。オタオタぶりを想像するだけでも痛快だ。

テレビ屋を甘く見るんじゃないよ、と言ってやりたい。

おいしいシーンが撮れるなら、人を転落させてもヘッチャラなのさ。

2

真由は、昼食を終え、様子を探りに舟木の事務所に出向いた。

舟木は、電話の最中だった。

洩れ聞こえる言葉から、元厩務員の現況を調べているところと分かった。

他の者たちは皆、出払っているようだ。探りを入れるなら、今しかない。

舟木は電話を終えると、「いや、参ったよ」とお手上げのポーズを示した。

「どいつも、こいつも、流れ流れてどことやら、だからな」

取り敢えず、下でに出る。

「無理なお願いをして申し訳ありません。今のところ、手掛かりは元厩務員らしき者というくらいしか上がっていませんので」

と口には出したものの、真由の関心は、もはや元厩務員にはない。

さりげなく話を切り出す。

「お忙しいところ恐縮ですが、引退した騎手に関しても現況を調べていただけませんか」

途端に、舟木の顔つきが一変した。

「なんで、そんなもん、調べなきゃならんのだ。事件とは関係がないだろうがぁ」

と、刺々《とげとげ》しい目で睨み付けてきた。

顔が大きく歪み、憎悪の色さえ出ている。

ピンポーン……正解のチャイムが、真由の頭に響いた。

その時、奈央子が事務所の奥から顔を覗かせた。

まずい！　今の話を聞かれてしまったか。

真由は、咄嗟に取り繕った。

「ちょっと思いついただけで、別に理由なんかありません。ご面倒だったら、やっていただかなくて結構です」

長居は無用だ。

真由は何事もなかったかのように、作り笑いを浮かべ、踵《きびす》を返した。

急いで事務所を出たのだが、奈央子が追い掛けてきた。

「ちょっと待ちなさいよ。そっちが興味を持ってるのは、長沢勝のこと？」

いきなり本人の口からその名が出て、面食らった。

えっ、それ、誰？……と問い返すべきだったが、「違う」と答えてしまった。

「やっぱり、そうか」

見透かされてしまったら、こちらも開き直るしかない。

睨みを効かせて、「だったら、どうなのよ」

「やだ、やだ、怖い目しちゃって。純情可憐な奈央ちゃんをいじめないでね」

と、ブリッコ風に体をくねらせた。

こうなったら、容赦なく化けの皮を剥してやる！

「なぜ、あんたたちは長沢さんのことを隠してたの？」

「なぜ、そっちから長沢のことを尋ねなかったの？」

いちいちムカつく小娘だ。

「あんたをアイドルの座から降ろしたくなかったから」

「つまり、あたしと長沢の仲を疑ったわけね」

もう、どうとでもなれだ。

「正直に話しなさい。どんな経緯があって、長沢さんは引退に追い込まれたのか。あんたとの間で、何もなかったとは言わせないよ」

「セックスなら、したよ」

あっけらかんと曝《さら》け出されては、こっちのほうが恥ずかしくなる。

「で、深い関係となり、将来を約束した」

「まさかぁ、軽い気持ちで、一度やらせただけ。あんな田舎臭いおっさんに、あたし、興味ないもん。こんな寂れた所で、ずっと暮らす気もないし、騎手を続けるつもりもない」

「じゃ、なぜ、長沢さんを追放したの」

「あいつが勝手に出ていったんだよ」

鼻でフンと笑い、「あたしの母親と一緒に、こっそりと」

驚きのあまり、『駆け落ち』という古典的な言葉が頭に浮かぶまで間を要した。

「だって、あんたの母親は亡くなったんじゃ？」

舟木から、そう聞かされている。

「愛弟子《まなでし》と女房に裏切られたんだよ。それも、全く気づかないうちにだもん。間抜けな話だよね……。親父だって、カッコつかないでしょ。だから死んだことにしただけ」

先ほどの舟木の反応は、忌まわしい出来事が頭に甦ったがゆえ、と解釈すれば頷ける。

「恨んでいるのは、あっちじゃなくて、こっちなんだよ。あの女ったら、なけなしの貯金まで持ち逃げしたんだから。お陰で、こっちは借金まみれ」

まるで見当違いだった。

真由の気持ちが、たちまち萎《しぼ》む。

「この際だから、テレビでぶちまけてもいいよ。実名入りでね。なんだったら、もっと詳しい話、聞かせようか」

三角関係の縺《もつ》れだなんて、そんなありふれた話を聞く気にもなれない。奈央子の勝ち誇った顔を見て、反吐《へど》が出そうにもなっている。

「言っとくけど、あたしの男関係なんか、どこを突っついても、出てきゃしないよ。清純なまま育ってきたんだから……。誘拐犯が長沢というのも大間違い。皆に聞いたらいいよ。声がまるで違うし、長沢は口下手で、あんなにペラペラとは話せない」

時間の無駄だった。長沢の件を、新堂に伝えなかっただけでもマシと、自身を宥《なだ》めるしかなかった。

「そんなちっぽけなスキャンダルよりさぁ……、あたしには、犯人というか、黒幕の見当がついてんだけど。この村の全員が同じ見方をしてるんじゃないかな。誰も、怖くて口には出せないようだけど」

奈央子が、こちらの胸中を探る目をした。

どうせ、ガセネタを掴ませるつもりだろう、と警戒を強める。

だが、興味を掻き立てられてもいる。特に『この村の全員が』という言葉だ。廐舎村全体の事情が絡んでいるとも受け取れる。

「話半分で、聞いてやってもいいけど」

真由は、気のない振りをした。

「キボウノヒカリが死んで……、いや、いなくなっただけでもいいか……、一番トクをするのは、さて、誰なんでしょうか。こういった発想をテレビ局も持って欲しいよね」

小生意気な言い草にムカッとしたが、頭にピンとくるものがあった。

いまキボウノヒカリがいなくなれば、栃木競馬は、間違いなく廃止に追いやられる。

この事態を望み、なおかつ、利益を上げられる者がいるとしたら……、
厩舎村の全員が『怖くて口に出せない黒幕』とは……、
答えは、すぐに出た。

「栃木競馬の廃止を唱える県議会議員？」

廃止の理由は、累積赤字の食い止め。つまり、ギャンブルを維持するために、血税を注ぎ込んでいいのか、という論法だろう。

極めて正当な理由だから、誰も反対などできない。

だが、それが単なる大義名分に過ぎないとしたら、どうか。廃止だけでは、政治家の利益にならない。何らかの利権が絡んでいると見るべきではないか。

栃木競馬廃止の後に残るのは、広大な敷地である。県有地だと聞いている。

辺鄙《へんぴ》な土地にどれだけの価値があるのか、分からないが、

「競馬場の跡地を売却するとか、再開発の計画でも持ち上がっているのかな」

としか考えようがない。

跡地の売却や再開発に伴う利権。嫌になるほど、ありふれた図式である。

だが、それだけに、的を射ているとも思える。

「あたし、おバカなアイドルだからさぁ。難しいことは、分かんなぁーい」

と、奈央子は、おどけてみせた。

ずる賢い女だ。深謀遠慮とまではいかないものの、誘導が働いているとも疑える。

「その手には乗らないよ。何か企みがあって、政治家に目を向けさせようとしてるんだね」

奈央子の目に揶揄《やゆ》の色が浮かぶ。

「さあ、どーでしょう。あとは、自分で調べてみなよ。坂崎に聞いてみるのもいいし」

奈央子の言葉に踊らされるのは癪《しゃく》だったが、携帯を握りしめていた。

その時、こちらに駆け寄ってくる一団があった。

電話は、後にする。

「奈央ちゃーん、お待たせ！」

「俺たち、助けに来たよ！　安心してね」

先ほどから、ちらほら姿が見えていたが、親衛隊の到着である。

もっとも、見るからに、ひょろひょろ、なよなよとした若者ばかりで、護衛役は到底、果たせそうにない。

「みんなぁー、ありがとう」

奈央子は、しおらしく、アイドルに戻っている。

見ているのも馬鹿馬鹿しい光景だったが、テレビ画面を通せば、一応は絵になる。

もうすぐ全日本セキュリティーの精鋭部隊が到着する。邪魔者扱いされて、追い払われるのは、目に見えているから、撮っておくなら今しかない。

真由は、スタッフのいる場所に戻った。

「録画で構わないから、親衛隊に囲まれたヒロインの姿を撮っておいて。坊やたちのコメントも幾つか拾ってね」

「私がインタビュアーになってもいいですか」

咲が目を輝かせた。

「ドサクサ紛れに、しゃしゃり出てくるんじゃないよ」

と叱ったものの、手が空いているのは咲しかいない。

「あんたは、画面に出ないこと。声だけ流すぶんには認めてやる」

3

真由は、馬鹿騒ぎの場を離れ、局の車で東京に移動中の坂崎に電話を入れた。

「何事かね。こちらは、厳しい監視付きで護送されているところなんだが」

まずは、長沢と舟木夫人の駆け落ちの件を確認する。

「事実だよ。気の強い女房でな。舟木も尻に敷かれっぱなしだった。だが、まさか長沢に裏切られるとはな……、舟木も、だいぶ落ち込んでいたようだ」

「誘拐実行犯の声ですが、長沢さんと似ていると感じられませんでしたか」

「まるで違うし、頭がそれほどいいわけじゃない。奴が誘拐犯だなんて、あり得ないよ」

坂崎は一笑に付した。

これだけ聞けば十分だ。すぐに話を切り換える。

「栃木競馬廃止に向けての、県議会の動きを教えてくれますか」

「おっと……、あんた、それが今回の事件と絡んでいると思うのか」

「あり得ないと?」

「だって、考えてもみろよ。栃木競馬を潰したけりゃ、ヒカリを誘拐するまでもない。何者かを放って、殺してしまえば、すぐに片が付く」

反論は、既に頭の中にある。

「そうなると、国民が黙っちゃいませんよ。警察が捜査に乗り出すだろうし、私たちだって、必死に犯人捜しをします。当然のことながら、競馬廃止を巡る利害関係に注目して、とことん裏の裏を探るでしょう。犯人は元厩舎関係者とミスリードしておいたうえで、殺害するほうが得策なんですよ……。つまり、この誘拐事件は、最初からヒカリの殺害が目的だったんです」

自分で言っておきながら、体の芯がブルッときた。

「なるほど一理あるな。廃止が議決される直前まできて、ヒカリのブームが巻き起こった。廃止派にとっちゃ、目のカタキもいいとこだ」

「競馬場跡地の売却とか再開発に関して、何かご存知ですか。坂崎さんは建設会社の経営者ですよね」

「ちっぽけな会社だ。私ごときに政界の動きは、まるで分からんよ。裏の情報が洩れてくることもない」

「廃止を強行に唱えている一派は？」

「日本民政党だ。過半数を占めているから、ほとんどの議案が通せる」

「リーダー的存在は、誰ですか」

「県連幹事長の権藤喜一郎だ。栃木県議会のドンとも呼ばれている実力者だが……」

ひとつ唸り、「利権が絡んでいても不思議じゃないか」

「むしろ、絡んでいて当然じゃないですか」

「まあな。集金力がなけりゃ、今の地位は築けない」

「跡地の売却とか、計画の実施にあたって、何らかの期限が迫っていたとします。そうすると、ヒカリのブームを早急に終わらせなければならない。坂崎さんに対しても、ヒカリを引退させろとか、圧力がかかりませんでしたか」

「何もなかった。仮に私が脅しに屈したところで、ヒカリの新オーナーになりたがる者は大勢いるさ」

ここまで分かれば、坂崎に問うことは何もない。

「今の件、番組でも話していただけますか」

「冗談じゃない！」

「隠し事は無しと、お約束したはずですが」

「それは私の周辺に限っての話だ。ドンに睨まれたら、ウチの会社なんか、ひとたまりもないんだからな」

拒絶されることは承知のうえで言ってみただけだ。別の手が頭に浮かんでいる。

今度は、新堂に相談の電話を入れた。

「番組で、栃木競馬廃止の動きを伝えたいんですが」

と持ち掛けたところ、

「そりゃ、いい。誘拐事件の裏に、政官財の陰謀ありきか。ちょっと臭わせるだけで、視聴者の関心は、俄然、高まるな」

「誰にコメントさせますか」

「社会派ミステリーの旗手、本間怪名がいるじゃないか。今のところ特に発言はなく、賑やかしとしてスタジオにいるだけだ。本間独自の推理として持ち出す手があるぞ」

真由が考えていたのも、まさしくこの手である。

もし、見当違いの結果だったとしても、本間のお粗末で片付けられる。

三十分ほどして、新堂から連絡があった。

「権藤県議の居場所が分かった。宇都宮の日本民政党県連本部で会議中だ。取材を申し入れたが、拒否された」

「かえって、よかったじゃないですか」

取材が了解されても、こちらサイドに確かな追及材料があるわけではなく、通り一遍の話しか引き出せない。

対して、取材拒否の場合、その事実を番組で明かしただけで、視聴者は『逃げ回っている』と感じてくれる。

「もっとも、一度や二度の取材拒否で、諦めるつもりはありませんけど」

「よしっ、君のチームは直ちに県連本部に向かい、権藤に突撃取材を仕掛けてくれ」

真由の気合が一気に高まる。

「望むところです。迫真のシーンを撮ってみせますよ」

段取りは、こうだ。まずは、真由が県連本部前に立ち、取材拒否の事実をレポートする。そのうえで、虚を突いて本部に入り込み、再度、取材を申し入れる。

おそらく現場で、いざこざが巻き起こるだろう。

それでいい。むしろ、それが狙いだ。一部始終を生中継で流せば、視聴者をグイッと引き込む『迫真のシーン』となる。

後のことは、知ったこっちゃない、だ。

テレビ報道は怖い、と我ながらつくづく思う。

でも、これがあたしの天職。躊躇《ためら》いも反省もなく、ただひたすら突っ走るだけである。

4

真由は、宇都宮への移動中も、モニターを見続けていた。

気象予報どおり、午後二時を回り、この夏一番の暑さとなった。

捜索の模様が引き続き、生中継で伝えられている。

だが、ないない尽くしのレポートが入るだけだ。番組自体が少々ダラケ気味となっている。炎天下の光景に、視聴者も飽きた頃だろう。

「いやはや、事態は膠着《こうちゃく》してしまったようだな。謎が多すぎて、私らの頭じゃ、どうにもならない」

大杉が嘆き、本間に語り掛ける。

「ここはひとつ、ミステリー作家として大胆な推理をお願いしますよ」

本間は腕組みしつつ、もったいつけるように唸ってから、口を開いた。

「まずもって、キボウノヒカリの捜索だけど……、的外れな場所を駆け回っているとしか思えないね。炎天下で奮闘中の皆さんには悪いんだけどさ」

口では気の毒がったが、見下すような態度が混じっていた。

だが、これも毒のある個性と見るならば、テレビ向きではある。

「ムチャクチャ腹立つけど、そう考えるしかないかぁ」

「誘拐犯にとって、人質の監禁場所を突き止められたら、致命的なわけよ。ところが、犯人は、こちらがどうやっても見つけ出せないと確信している。つまり、かなり離れた場所と見ていいよね」

「ヒカリを連れ出したのは午前一時頃、と犯人は言ってますが」

「その後、夜明けまで車を走らせたら、かなり遠くまで行けるよ。それと、犯人は、こちらが要求に応えても、即時解放はできないと言っている。移動時間が長いと解釈できるね」

高慢な顔つきと話し方が、どうにも鼻に付く。

ここまでの推理は、おまえらにはできまいと言いたいのだろうが……、ところが、どっこい、テレビ屋はもっと強《したた》かなんだよ、と笑ってやりたい。

監禁場所を発見できるなんて、万が一つにもあり得ないと、捜索隊の誰もが思っている。局としての姿勢をアピールするため、また、特番を持たせるために、『懸命な捜索』を演じ続けているだけなのだ。

「犯人は、かなりハイレベルな知能犯。加えて、計画も綿密に練り上げている。テレビ局が絡み、公開捜査になることも見越していた」

「どんな犯人像が考えられますか」

「論理的に考えてごらんよ。皆さんにも、一つの筋が見えてくると思う」

本間は、したり顔で前置きし、カメラを正面から見詰めた。

「誘拐にあたって、犯人はハイリスクを背負う。だから、ハイリターンを求める。でないと、割が合わないわけよ。ところが、この事件は、身代金目的ではない。とすると、何か別の形で巨額の利益を得ようと企んでいる、と結論づけられるよね」

大杉が、手をひとつ叩き、「さすが！」と持ち上げた。

「実は、本間さんには、犯人の目星がついていたりして……。教えてくださいよ」

「いいのかなあ、犯人もこの番組を見てるよ。もっとも、犯人と名乗った者は単なる実行犯で、首謀者は別にいると思うけど」

「もう、意地悪なんだからぁ。ますます聞きたくなったじゃないですか」

「私個人の推理でいいなら、教えてあげよう。まっ、当たらずとも遠からずと、それなりの自信はあるが」

本間の口は滑らかだ。いよいよ核心に入る。

「栃木競馬の廃止問題と、それにまつわる利害関係に着目すべきだな。間違いなく地元の政治家が暗躍しているはずだ」

本間は、推理の根拠を得々《とくとく》と聞かせた。

おそらく新堂の指示によりスタジオ・ディレクターが耳打ちしておいたのだろう。真由が新堂と交わした推理そのままだった。

「なんと、まあ、大胆な推理だけど……、うーん、説得力があると思えるし……」

大杉の反応を受け、高城が局としての判断を示す。

「詳しく調べてみるだけの価値はありそうですね。現地のスタッフを動員して、大至急、情報収集に当たらせます」

5

真由のチームは、競馬場を出てから四十分ほどして県連本部に到着した。

直ちに生レポートを入れる。

「こちらのビルの二階が日本民政党県連本部です。栃木競馬廃止派のリーダー的な存在と目される権藤喜一郎県議が、現在、こちらに来ています。実は、先ほど権藤県議に取材を申し入れましたが、拒否されました」

初めて権藤の名を出したが、伝えた内容は全て事実だから問題なし、と踏んでいる。

大杉が応じる。

「なぜ拒否するのかなぁ。ただ栃木競馬の廃止問題に関して話を聞くだけなんでしょ」

「テレビ取材には応じられないとの一点張りでした。その理由を尋ねても、答えはありませんでした」

「逃げてるのかな」

と、誰でも考える。

「それは、なんとも……」

真由は、意識して困惑《こんわく》の表情を浮かべた。

これが一番効果的。視聴者は勝手に疑念を膨らませてくれる。

「ひと言でもいいんだけどな。何とかインタビューできませんか」

「やってみますが、トラブルが生じる恐れも……」

高城が受ける。

「もし、何かありましたら、私が責任を持って即座に対応しますので……、もうひと押し、お願いします」

大杉が付け加える。

「視聴者の皆さんも、権藤県議の出方に注目していると思います。カメラを回しっぱなしにして、榊原さんを追ってください」

ビルの入り口に人影はなく、スムーズに入れた。

エレベーターがあったが、カメラワークを考慮し、脇にある階段を上ることにした。

真由は、深呼吸を一つして、ゆっくりと上る。岸本が後に続く。

二階に上がると、警備員三人が立っていた。

いかにも、待ち構えていたといった感じだった。テレビ中継でこちらの動きを知り、急遽《きゅうきょ》、守りを固めたのか。いずれの顔も強張《こわば》っている。

「テレビ東都です。権藤県議にお話を伺いに来ました」

「会議中です」

いちおう厳《いか》めしい顔をしているが、目に落ち着きがない。

「では、終わるまで、ここで待たせていただきます」

「取材は堅くお断りした、と聞いています。居座られては、こちらの業務に支障が生じます。お帰りください」

この程度の押し問答で終わらせる気など、さらさらない。

本部の入り口は、すぐ傍《そば》に見えている。

真由は、そちらに足を踏み出し、思い切り声を張り上げた。

「権藤さぁーん！　取材に応じてくださぁーい！」

「やめなさい！」

警備員も叫ぶが、カメラを意識してか、真由の体には触れられない。

その時、男がのっそりと姿を現した。

腹がドーンと突き出た大男だった。

「取材には、後日、応じると、先生はおっしゃっています」

「そんな曖昧《あいまい》な返答では、国民が納得しません。あなたは、ここの職員ですか」

返事がない。

「もしかしたら、権藤県議の秘書さんでは？」

口から出任せだったが、男が戸惑い顔となった。

ヘタな対応だ。地元では知られた顔だから、嘘はつけないとでも考えたのか。

権藤の秘書が登場したとあっては、なお都合がいい。

「では、いつなら取材に応じるのか。それだけでも、ご本人の口から聞きたいんです。ここに呼んでいただけませんか」

「こんな強引な取材は認められません。今すぐ立ち去っていただきたい。さもなければ、警察に通報します」

言葉づかいこそ丁重で、落ち着いてもいたが、目付きが荒々しかった。秘書兼ボディーガードとも思える。悪役にデッチ上げるには、申し分ない外見だ。

「ひと言でいいんです。そこを通してください」

「駄目だ」

秘書はカメラの前に手を翳《かざ》した。

岸本がそれを躱《かわ》すように、体を捻った。一瞬、画面が揺れたはずだ。

今だ！

咄嗟の判断だった。真由は柔道二段。肉弾戦はお手の物だ。これから、記者に対する『暴行シーン』を生中継してやる。
真由は、入り口に向けて足を踏み出した。
秘書が、真由の動きを封じるように、両手を広げて立ち塞がった。
真由は、体をずらして、歩を進めようとした。
すると、秘書の足が反射的に伸び、真由の足に引っ掛かった。
この一瞬を狙っていた。
秘書から足払いを食らったと見えるように……、その実、わざと蹴躓《けつまず》き、大きな動作で
「ワーッ！」と床に倒れ込んだ。
うまく転んだから、痛くもなかったが、「ウウッ」と呻き声を洩らした。
岸本が抜かりなく、『暴行シーン』をカメラで捉えた。
すかさず、スタジオの大杉が吠える。
「暴力は止めろ！」
いい調子だ。
「全国の視聴者が見てるぞ！」
とはいえ、ここにはテレビがないから、秘書の耳には届いていない。
「誰か、そいつを抑えてくれ！」

大杉の声に応え、岸本がカメラを構えつつ、空いた手で秘書を抑えた。

またも画面が揺れ、臨場感あふれるシーンとなったはずだ。

「榊原さん」

大杉の呼び掛けに、すぐには反応しない。

「ひっでぇこと、しやがる。榊原さん、榊原さぁーん！　しっかりしてください」

真由は、頃合いを計り、弱々しい声で、「……大丈夫です」

もがくようにしながら、へっぴり腰で立ち上った。痛みに耐えているふうに顔を歪める。

「マスコミ相手に、大変な事を仕出かしたもんだ。暴行罪で、警察に告訴してやるか」

本間が冷たく笑い、大杉が続ける。

「そこは、あまりに危険すぎる。取材は、もうやめてください」

言われるまでもない。目的は十分に果たした。

最後は、毅然とした態度で締め括る。

「事を荒立てる気はありませんので……、権藤さん、今日のうちに、インタビューに応じてください」

呆然と立ち竦《すく》んでいる秘書を尻目に、真由と岸本はその場から離れた。

報道車に戻ると、咲が目を輝かせた。

「真由さん、物凄くカッコよく撮れてましたよ。憧れちゃうなぁー」

「体を張らなきゃ、迫真のシーンは撮れない。よく、覚えとけ」

「お笑いの人たちだって、笑いが取れるなら、結構危険な事をやってますもんね」

額をピシャリと叩いてやる。

「そんな連中と一緒くたにすんな」

6

「ここで張り込み、権藤がビルから出るところを狙うよ」

長期戦になりそうな気もするが、こちらのスタッフは皆、根気よく待つのに慣れている。

時折、県連本部の窓に人影がちらっと見える。

「こっちの様子を窺っていやがるな。記者に対する暴行事件の直後だ。出るに出られないといったところだろう。ドンも形無《かたな》しだぜ」

岸本が、ほくそ笑んだ。

「好きなだけ籠ってりゃいいよ。こっちは、『まだ姿を現しません』って、しつこく生レポートを繰り返してやるまでだ」

そうすれば、視聴者の誰もが、権藤にやましいところがあるから籠城している、と解釈してくれる。

「ご苦労さん、いやぁー、上出来、上出来」

新堂からお褒めの電話が架かった。

「わざと転んだって、見抜かれませんかね」

真由としては、やはり気になる。

「大丈夫。スローモーションで確認したんだが、岸本君が絶妙のアングルで撮っていたからな。誰の目にも、秘書から足払いを食らったとしか見えない。君に柔道の心得があるなんて、誰も想像しないだろうし……。めったに見られない迫真のシーンだ。VTRを何度も繰り返し、流してやるよ」

「私にも親衛隊がついてくれるかしら」

新堂が笑いを洩らした。

「期待していいぞ。君の凛々しさに感動した者も多いはずだからな。なにしろ、局の電話が鳴りやまないほどの大反響。SNSも大炎上だ。視聴者の怒りに火がついたな」

思いどおりの展開となり、真由としては上々の気分だ。

テレビ画面では、早くも権藤の映像が流されていた。手回しよく地元局から入手したのか、県議会で発言している場面だった。

「ねっ、こいつの顔、見てよ」

真由は思わず吹き出してしまった。

浅黒い肌、ブヨンブヨンの頬、ギョロッとした目付き。

「こりゃまた、典型的な悪人ヅラだな。悪徳政治家の登場で、番組が一段と盛り上がるぞ」

岸本が大笑いした。

スタジオも、大騒ぎとなっていた。

「さっきから、県連本部に電話を架けているんですが……」

大杉が興奮気味に伝えると、スタジオのどこからか声が響いた。

「繋がりません」「何度やっても駄目です」

「全国から抗議の電話が殺到して、回線がパンクしちゃったんだろうね」

本間が満足げに、薄笑いを浮かべた。

「とにかく、しつこく電話しまくってよ」

大杉が話題を転じる。

「権藤県議のプロフィールを調べているところなんですが、五期連続当選の実力者で、日本民政党栃木県連の幹事長を長く務めています……。坂崎さん、地元ではどんな評判なんですか」

スタジオ詰めになっている坂崎に問うた。

「えっ？……ああ……そのぉ……」

不意に振られた坂崎は、ギョッとした顔を晒すばかりで、言葉が出てこない。

本間がフォローする。

「そんなこと、坂崎さんに聞いたら可哀相だよ。怖くって何も喋れないって顔してるだろ」

「泣く子も黙る県議会のドンというわけですか」

「いや……そのぉ……なんていうか……」

言葉は要らない。しどろもどろとなった坂崎の顔が、雄弁に語っている。

「さぞかし利権にどっぷりと浸り込んでいるんだろうな。地元の土木建設業者を取材してみたらいい。面白い話がボロボロ出てくると思うよ。それと、裏社会との繋がりもね……。おっと、こりゃ、失言だ。あくまで私個人の推測に過ぎないから。名誉棄損とか言わないでくださいよ」

本間がおどけてみせたが、既に容疑は確定したと言わんばかりの口振りだった。

「ただねぇ、私個人としては推理が外れて欲しいんだよね」

大杉が憂い顔で続ける。

「だって、そうでしょ。推理どおりだと、キボウノヒカリが殺される悲劇の結末になってしまう。やだよ、そんな酷いこと」

「心配ないって」

本間は自信満々だ。

「ここまで計画通りに進んでいたとしても、我々がこんなに早く権藤県議まで辿り着くなんて、想定外だろう。この番組で真相を突き止めれば……、いや、こうやって疑念を示すだけで、殺害を実行できなくなる」

「そうか、この特番自体がキボウノヒカリの命を守ることに役立っているのかぁ」

「ファンであるなら、ずっとこのまま見続けて欲しいね」

絶妙のやりとりと機転の利かせ方を見て、真由は本間を少し見直した。

もっとも、今や主役の座を射止めた本間である。愉悦の時間を引っ張りたいとの思いからだろう。テレビ局としては大歓迎だ。能力を思う存分発揮して、大いに盛り上げて欲しい。

「でも、もう既に、ということも……」

なおも心配顔の大杉を、本間が宥める。

「犯人が身代金の受け渡しを指示したのは、午後十一時だ。その時に、次なるアクションを起こす計画だったんじゃないかな。だから、現時点までの殺害はないと読むね」

「つまり、犯人は、まだ何も罪を犯していないんですよね」

「そのとおり。だから、犯人たちに言ってやりたい。やがて私が事件の真相を明かしてみせる。

法的な罪には問えないものの、社会的な罰は必ず下されるぞ。今のうちにキボウノヒカリを解放しなさい。そうすれば、我々も手を引く」

いつの間にか、本間はテレビ局側の代表者となっている。

「私も犯人にお願いしたい。キボウノヒカリの無事な姿を、再度しっかり見せてください」

大杉が、神妙な顔で拝み手をしてみせた。

「無理だね。愉快犯を気取っていたものの、所詮、手先のチンピラに過ぎない。ここまで解明が進んだら、怯えて、連絡なんかしてこないよ」

本間が、カメラに面と向かい、犯人を挑発する。

「私の推理が間違っているというのなら、堂々と電話してこい！」

啖呵《たんか》がビシッと決まり、真由はモニターに映った本間に拍手をおくった。

「いよぉーっ！　あんたが主役。バンバン攻めてね」

7

夏の陽も、だいぶ傾いてきた。

日没をもってキボウノヒカリの捜索は中断、明朝より再開、と段取りが決まっている。

真由のチームは、県連本部のビルの前で張り込みを続けているが、権藤は、まだ姿を現さない。

「県連本部に電話を架けていますが、一向に通じません……。本部前の榊原さん、そちらの様子は、どうなってますか」

スタジオからの呼びかけは、これで三度目だ。

「ご覧のように、辺りも薄暗くなり、仕事を終えた人々がビルから出てくる時刻となりましたが……、権藤県議は今もなお、県連本部に籠ったままです」

本来なら『留まったまま』と言うべきところを、真由は意図的に『籠ったまま』と表現した。意味は似ているが、後者のほうが、犯罪色がより強く滲み出る。

現場レポートを終えようとした時、真由の目の前に滑り込んでくる車があった。

こちらに合図を送るように、クラクションを軽く鳴らした。

岸本が、咄嗟にカメラを向けた。

助手席から中年男が降り立ち、こちらに歩み寄ってきた。

にこやかな笑みを浮かべている。

「榊原さん、お疲れ様です」

見知った顔ではなかった。テレビで真由の名を知っただけだろう。

一瞬、親衛隊の登場か、と思ったが、キボウノヒカリのファンとは、明らかに異なる人種のようだった。

「この場は、我々、市民オンブズマンにお任せいただきたい」

後部座席からもう一人出てきた。

こちらも中年男だが、ハンドマイクを手にしている。

制止する間はなかった。男はスピーカーを県連本部に向け、やおら声を張り上げた。

「権藤幹事長、直ちに出てきなさい！　我々、市民オンブズマン栃木は、あなたが政務活動費を不正取得した事実を把握しています。この場で釈明を求めます」

アジテーションを生中継させたいがために、押し掛けてきたのは明らかだった。

真由は、きな臭さを感じ取り、咄嗟に判断した。

「一旦、こちらからの放送を中断します」

市民オンブズマンを名乗ったが、実態は千差万別だと聞いている。社会正義に基き、政治家や役人の不正を追及するグループは確かに存在する。だが、一方で、過激な政治団体や反社会的な集団が隠れ蓑としていたり、暴力団が恐喝に利用するケースもあるという。

正体が掴めない限り、オフレコで話を聞くしかない。

「あのまま放送を続けていればよかったのに。我々は、公正な第三者として事実を語るだけなんだから……。テレビ局としては権藤さんの悪行の数々を知りたいんでしょ？」

ハンドマイクを手にした男が、いきなり核心を突いてきた。

公正な第三者なのか、権藤と対立する集団なのか。判断するのは後でいい。次なるネタを仕入れるために、取り敢えず話だけでも聞いておきたかった。

「政務活動費の不正取得とか言っていましたよね」

「それは単なる突破口に過ぎない。権藤県議の身辺を探れば、いくらでも金銭疑惑が出てくるよ。栃木競馬場の跡地に関しても、同様でね」

おいしい餌をバラ撒いているとも受け取れるから、パクっと食い付くわけにはいかない。

真由は、意識的に眼光を鋭くした。

「判明している事実のみ教えてください」

「私が直接、番組で明かしても構わないが」

「では、録画を撮らせてください」

そのうえで、放送に乗せるか否かは、新堂の判断に任せればいい。

「自己紹介から始めてください。もちろん身分も名前も偽りなしで」

「偽名を使っても、すぐバレるよ。これでも、地元じゃ顔が売れているほうだから」

真由は、キューを出した。

「市民オンブズマン栃木の事務局長で、成瀬と申します。我々は、県や市町村の議員、職員が公益に反する行為を犯していないか、絶えず監視のうえ、告発に当たっています」

「政治団体との繋がりは？」

「一切ありません。市民活動家、弁護士、司法書士、会計士、有識者などで構成する、純然たるボランティア・グループです」

疑わしくもあるが、ここは話をスムーズに進めさせたい。

「権藤県議に対する調査も進めているんですか」

「はい。現時点で明らかとなっているのは、政務活動費の不正取得です。私的流用や、領収書の改竄《かいざん》など、物的証拠が私のバッグの中にぎっしりと詰まっています。近い内に刑事告発する運びとなります」

最近のニュースで、とかく物議《ぶつぎ》を醸《かも》している政務活動費である。政治家の金銭疑惑としては、いかにもセコいが、視聴者にとっては取っつきやすい。物的証拠も揃っているようだから、ここまでは放送しても何ら問題はない。

「権藤県議は栃木競馬の廃止を強く唱えていますが、背景に何があると、お考えですか」

「信頼できる筋から得た情報によりますと……、競馬場の跡地を中国観光企業が買収し、テーマパークとして再開発する計画が持ち上がっています。実際の設計と建設は、地元ゼネコンが受注する運びとなりますが、業界を仕切っているのが権藤県議です」

成瀬は、ここまで話を進め、真由に顔を向けた。

「以下の話は、証拠がまだ揃っていない段階なので、放送は控えたほうがいいだろうね」

「後日に流す場合もあるかと思いますので、収録だけさせてください」

成瀬は頷き、暴露話を続けた。

「我々は、この中国観光企業から権藤県議に政治献金がなされた事実を把握しています。証拠がまだ掴み切れていない段階ではありますが……。ちなみに、外国企業、及び経営者が外国人の場合、いかなる献金も政治資金規正法違反となります」

真由は、ひとまず収録を終了させた。

成瀬に確認しておきたいことがあった。

「あなたの本職と経歴を教えていただけますか」

「現在は司法書士事務所を経営していますが、前職は、栃木県警捜査二課の刑事でした」

言われてみれば、顔は柔和ながら、目付きに鋭さがある。

「先ほど『信頼できる筋からの情報』とおっしゃいましたが、県警のことなんですね。もしかしたら、県警は、中国企業からの政治献金を内偵し、容疑を固めつつあるとか？」

「想像に任せますよ」

ニヤリとしたから肯定である。

政治家の金銭疑惑——たとえば、収賄や政治資金規正法違反容疑は、代議士なら地検特捜部、県議なら県警捜査二課が管轄する。

その点からして、成瀬が明かした話は信憑性《しんぴょうせい》が高い、と真由は判断した。

もう一つ突き止めておきたいのは、成瀬の意図である。

「放送中に乱入するなんて……、なぜ、そんな派手なパフォーマンスを演じたんですか」

成瀬は、照れ笑いを浮かべた。

「目立ちたがり屋なだけですよ」

国民が見詰める中、自分たちの存在を世に知らしめたかったから、と言いたいのだろう。

でも、それだけとは思えない。もっと根深いところを探っておきたい。

「権藤県議を疑惑の渦中に放り込み、あわよくば失脚させたいとの意図も、強く働いているのでは？」

「とんでもない。我々は、権藤県議のみならず、全ての政治家と是々非々の関係を保っています。善いことは善い、悪いことは悪い。政治的に偏らない市民の目で判断を下します」

力説すればするほど、嘘臭くなる。

ぴしゃりとひと言、「建前論を聞きたいわけじゃありません」

「参ったなぁ。さっきの突撃取材といい、君のような気が強い女性、ウチにも欲しいよ」

成瀬は、苦笑いを浮かべ、続けた。

「現に、栃木競馬の廃止そのものに関してなら、税金の垂れ流しはやめるべき、と我々も賛成している。跡地を巡って金が動く事態が許し難いだけでね」

「ズバリ聞きます。キボウノヒカリの誘拐に、権藤県議は関与していると思いますか」

「事実関係は何も分からないが、動機は十分にあるんじゃないかね」

仮に権藤が黒幕だとすれば、実行犯は別にいる。

「権藤県議に、反社会的勢力との繋がりはありますか」

「さて、どうだろう」

意味ありげな笑みを浮かべ、「こんなことを仕出かした我々に、どんな災禍《さいか》が降りかかるか、注目していなさいよ」

「あなた方に手出しなんか、できませんよ。全国に顔を晒し、身分を明かした後なんですから、誰もが権藤県議を疑います……。そうか、自身の身を守るため、計算づくで生放送に乱入したわけですね」

「政治家から睨まれ、邪魔者扱いされるのが、オンブズマンの宿命。常に、我が身の安全に気を配っていますよ。君と同じく、私にも警察時代に培《つちか》った柔道の心得《こころえ》があるけどね」

えっ、バレてた？

「大丈夫。見事な演技だったから、誰も気付かないよ」

成瀬は微笑み、打ち明け話を続けた。

「反社会的な人物かどうか、すれすれのラインだが……、栄ファイナンスという金融業者の鬼塚社長を探ってみるべきだと思う」

「どんな人物なんですか」

「法外な利息を被せ、酷い取り立てを平気でやる悪徳業者だ。実は、栃木競馬の調教師たち全員が、ここから金を借りている」

意外な事実に驚かされた。

「てっきり正規の金融機関からだと思っていましたが」

「どの厩舎も経営破綻寸前だ。しかも、土地は県有地で、資産は何もない。まともな金融機関は、洟《はな》も引っ掛けないよ」

「まあ、納得できる話ですが、そんな厩舎村の内部事情まで、どうして成瀬さんは知っているんですか」

「切羽詰まった調教師たちが、我々の団体に救いを求めてきたんだ。私が調べたところ、法定金利を適用すると、とっくに元金全額返済となっていた。この場合、過払い金返還訴訟を起こせば、原告が百パーセント勝つ。債務は消え、そのうえ、払い過ぎた利息の全額が返還される。というわけで、厩舎村の債務者全員が訴訟に踏み切った」

「訴訟が相次ぎ、消費者金融の多くが経営危機に晒されていると聞いていますが」

「鬼塚の場合、返還金額が合計五千万円にも及んだ。これには、鬼塚も参ったようだ。実は、栄ファイナンスという社名を掲げているものの、法人登記されていない。法人なら債務過多で倒産させてしまえば、返還金の支払いから逃れられるんだが……、個人事業主たる鬼塚は、個人財産で全額を支払わなければならない。とても無理だったんだろうな。夜逃げ同然で姿を眩《くら》まし、現在も行方知れずのままだよ」

鬼塚には厩舎村に対する復讐の念がある。おそらく金にも窮している。

「鬼塚の顔写真は、手に入りますか」

「データ保存してある。後で君の携帯に送っておくよ」

「鬼塚は、厩舎村内部の構造とか、よく知っていますよね」

「自ら取り立てに日参していたようだからな」

「馬の扱いには慣れていますか」

「それは無理だろう」

「誘拐実行犯の声ですが、鬼塚と似ていませんか」

「元警察官として声の聞き分けには自信があるが、明らかに別人物だね」

だが、鬼塚本人ではないにせよ、命じられた者……たとえば、鬼塚に借金がある元厩務員などが、誘拐実行犯という線ならばあり得る。

ちょっと待てよ。元騎手も該当するのでは？

一度は消したその名が頭に浮かぶ。

「一年前に騎手を引退した長沢勝をご存知ですか」

成瀬が頷いた。

「債務者の中には、厩務員や騎手も混じっていた。長沢の名もあったが、本人の行方が分からず、過払い金返還の訴訟人から外さざるを得なかった」

つまり、長沢本人は今もなお、鬼塚に多額の借金をしたままと思い込んでいるわけだ。

「舟木さんの奥さんと駆け落ちしたそうですが、借金逃れのために、姿を眩ませたとも考えられますね」

「あり得る話だろうね」

鬼塚は、長沢の行方を探し回ったに違いない。長沢も舟木夫人も住民票を移していないだろうから、居場所は簡単には掴めない。また、鬼塚自身が逃亡の身だから、行動範囲に限りがある。

だが、もし長沢の居場所を突き止めたとしたならば、借金を帳消しにしてやる代わりに誘拐の実行を命じたとも考えられる。

但し、『誘拐実行犯の声は長沢とはまるで違う』と坂崎と奈央子が言っていた。成瀬の話では、鬼塚とも違う。

だとしたなら、鬼塚に操られている者が、長沢の他にもう一人いる、と見たらいいのでは？

成瀬の話の全てが事実とは受け取らないが、真由の頭は、すっきりしつつある。

「鬼塚と権藤県議との間に、どんな繋がりがあるんですか」

一番聞いておきたいポイントだ。

「鬼塚は、権藤の後援会に入っている。ここから先は私の想像だが……、権藤は鬼塚を使い、厩舎村の人々に対して多額の貸し付けと厳しい取り立てをやらせたんじゃないかな」

「厩舎経営を行き詰らせて、栃木競馬を内部から崩壊させていくという筋書きですね」

「それと、もう一つ。返済が滞り出した頃、鬼塚は調教師たちに、『八百長をやれ』と持ち掛けたそうだ」

「なんですって！」

聞き捨てならない話である。

「頑として撥ねつけたという話だがね。何度も執拗《しつよう》に迫られたらしい。もう応じるしかないというところまできて、我々に救いを求めてきたわけだ」

「八百長の命令に関しても、鬼塚の背後に権藤がいるとも考えられますね。仮に八百長をやってしまったとしたら、どうなりますか」

「八百長は競馬の根幹を揺るがす重罪だ。競馬法違反も捜査二課の管轄なんだが、そこにタレこむ手がある。八百長は立証が極めて難しく、警察泣かせなんだが……、捜査に乗り出しただけで、栃木競馬は壊滅する」

矢継ぎ早に明かされる事実に、真由の胸が躍った。

一方で、成瀬の思うがままに、誘導されている気がしてならない。

「成瀬さんは、どうしてこんなにペラペラと何でも打ち明けてくれるんですか。かえって、疑わしく感じちゃうわ」

「君に惚れたという理由じゃ駄目かな」

成瀬が、悪戯《いたずら》っぽい目をした。

真由は、鼻で笑う。

「あいにく、私は、視聴率を稼ぎ出せる男にしか関心がないので」

「いずれにしても、権藤を攻めるという点で、我々とあなた方の意向は一致している。ここは、ひとつ、協力関係でいこう。我々が掴んだ権藤に関する情報は、全て君に伝えるよ」

成瀬の作為が混じるかも知れないが、情報源としてこの後も利用価値がある。

「了解しました。そちらもテレビで訴えたいことがありましたら、相談に乗りますので」

成瀬が引き上げ、真由は新堂に報告の電話を入れた。

掻い摘んで話したつもりだが、伝えるべき情報が多過ぎて長話となってしまった。

「鬼塚の居場所は不明ですが、もし、権藤が首謀者なら、連絡を取り合っているはずです」

「権藤を問い詰めたいところだが、取材は断固拒否だろうな。まっ、我々は警察じゃない。テレビ屋として、スパッと割り切っていこうじゃないか」

新堂に言われるまでもない。

「ええ、もちろん、成り行き任せでいきますよ」

テレビ屋の目的は、視聴率を稼ぎ出すこと、その一点である。極端な話、犯人捜しなんか、どうでもいい。真相が闇に包まれたまま、事件が終結しても一向に構わない。後は、視聴者が勝手に想像してよ、だ。

そう割り切ったうえで、番組では、推理の材料をできるだけ多く与えておきたい。視聴者参加型の捜査劇として最後まで盛り上げるためには、必須の条件だ。

「鬼塚は、過払い金返還の判決に背き、逃亡する罪を犯しています。番組でこの事実と実名を明かして、公開捜査する手があります。顔写真も手に入りますので」

「よし、権藤の出方次第で、その手を使おう。但し、特番を長く引っ張りたいからな。明朝まで待って、新事実として伝えることにしよう」

8

午後七時をもって、特番は地上波放送からＢＳ東都での生放送へと切り替わった。ゴールデンタイムの放送変更となれば、スポンサー全社の了解が必要とされるため、やむを得ない処置だった。

それでも、真由は楽観視している。地上波放送で見たい番組があるなら録画し、生特番に見入ってくれる人が多いはずだ。十時からスタートの《報道デイリー》で、また地上波放送に戻り、以後はエンドレスとなる。

いまだに権藤の籠城は続いている。

「持久戦になりそうだね。今のうちに食事しておくか」

咲が近くのコンビニに向かい、食料を大量に仕入れてきた。七人いるスタッフ全員分だが、それにしても多過ぎる。咲は細身ながら、呆れるほどの大食漢である。

「取材費で、ちゃっかり食い溜めしておこうってかぁ」

「夕食と夜食と朝食ですよ。余ったら、私が責任を持って平らげますから」

岸本が大笑いした。

「咲ちゃん一人の責任にはさせないぞ。俺も協力してやっから」

慌ただしく食事を済ませた頃、ちょっとした異変が起きた。

「おっと、あいつら何者だ」

真由は、岸本が指さした方向に目をやった。

十数名の集団が、ビルを目がけて押し掛けてきたところだった。市民オンブズマンの第二弾かと思ったが、どう見ても若すぎる。

「業《ごう》を煮やしたヒカリのファンたちが攻めてきたようだね」

ツイッターか何かで連絡を取り合ったのか、徒党を組むような形だった。

口々に何やら叫んでいる。

「またひと騒動起きるな。一応、撮っておくぜ」

カメラを構えた岸本とともに、真由は車外に出た。

「権藤、出てこぉーい！」

「キボウノヒカリを返せぇー！」

怒りに駆られているのは見て取れるが、如何《いかん》せん、烏合《うごう》の衆だ。そのうえ、抗議行動の経験も皆無なのだろう。迫力がまるで感じられなかった。

「ヒヨコどもがピーピー喚《わめ》いていやがるだけだ。見られたもんじゃねえな」

岸本は、カメラを一旦オフにし、真由に顔を向けた。

「ちゃんと絵になるように、ディレクションしてやれよ」

手が焼けるが、仕方がない。

「君たちぃー！」

真由が声を張り上げると、ヒヨコどもがこちらに押し寄せた。

「あっ、榊原さんだ」

「わぁー、実物のほうが、ずっと綺麗」

「ツーショット写真、お願いできますか」

ピーピー、キャーキャーは、全部無視。

「僕たちが付いてます。県連本部に突っ込みましょうよ」

目を輝かせる若者もいたが、一喝で蹴散らかされるような連中だ。

とはいえ、画面の賑やかしくらいにはなる、と気持ちを切り替えた。

「この子たちの抗議行動を生で流すよ。バァーンと迫力、出してね。カメラさん、絵作り、よろしく。音声さんは、現場の声をできるだけ拾って」

若者たちにもスタンバイさせる。

「君たちは、できるだけ固まって、ひたすら大声で叫ぶこと。拳を振り上げたり、飛び跳ねたり、オーバーアクションで怒りを伝えてね」

「わっかりましたぁー！」

一度だけ練習させる。

ぎこちなさが感じられるが、「カメラワークでごまかせる」と、岸本がＯＫを出した。

テレビ局がファンもどきを呼び集めて、意図的に騒ぎを起こせば、ヤラセとなる。だが、自発的に集まってきた者たちに、抗議の仕方を伝授してやっただけだ。何の問題もない。

「本番、いくよぉー！……用意……３……２……１……」

そろそろ視聴者が飽きる頃だ。真由は、実況レポートのトーンを高めた。

「こちら、県連本部前です。ただ今、キボウノヒカリのファンが大挙して抗議に押し寄せ、大変な騒ぎとなっています。お聞きのように、怒号が渦巻いています」

岸本が、雄叫びを上げるファンたちの顔を、次々とアップで捉えた。

臨場感を出すため、わざとカメラを揺らしている。映像にはモザイクが被せてある。プライバシーに配慮……というのは建て前で、こうしたテクニックを駆使すると、人数の少なさがカバーできる。さすが岸本だ。抜かりがない。

マイクで拾った音声のボリュームを最大まで上げる。これで『怒号渦巻く現場』の完成である。

演出をだいぶ加えてあるから、早々に切り上げたい。

「以上、県連本部前からお伝えしました」

「いやぁー、ファンの怒りが、まさに沸騰した感じですね」

大杉が、うまく引き取ってくれた。

画面がスタジオに戻り、しばらくして、また新たな展開となった。

「ただ今、権藤県議の顧問弁護士から電話が入っているんですが……」

困惑顔の大杉を、高城がフォローする。

「私が対応します」

朝から出ずっぱりだが、高城の顔に疲労の色はなかった。

「お電話、替わりました。責任者の高城です。何かクレームがおありのようですが」

機先を制する、うまい切り出し方だった。クレーマー扱いすることで、早くも弁護士を悪役に仕立て上げている。

この罠に、まんまと引っ掛かった。

「クレームとは失礼な。私は法に基づき抗議する者ですよ」

怒気を含ませた第一声は、視聴者に悪印象を与えたはずだ。

「で、ご用件は？」

高城は、軽くいなして、余裕を示す。

「事実無根の報道は、直ちに中止しなさい。権藤県議が極めて深刻な被害を蒙っています。これは、公共の電波を使っての暴力だ。許すわけにはいかない」

当然、予測されていた抗議だから、テレビ局側に動揺など微塵もない。むしろ、弁護士とのやり取りを生放送に乗せられ、好都合である。

「栃木競馬の廃止問題に関して、権藤先生のご意見を伺いたいだけなんですが」

「とはいっても、キボウノヒカリ誘拐事件の特番でしょうが。断言しておくが、もちろん権藤県議は、誘拐事件とは、まるで無関係です。にも拘わらず、視聴者に誤解を与える報道がなされている。断じて許されませんよ。こちらは名誉棄損及び威力業務妨害での刑事告発で臨みますが」

決まりきった脅し文句だ。少しは変わったことを言ってみろ、と笑ってやりたい。

「どうぞ、ご自由に。こちらは、記者が暴行を受け、報道の自由が侵された事実をもって対処します」

高城は、毅然《きぜん》と撥ねのけた。真由が演じた暴行場面がさっそく効力を発し、悪くない気分だ。

「明らかにマスメディアの横暴だが、そちらは全面対決も辞さないというわけだね」

「どちらが正しいのか、国民の判断に委ねましょうよ」

高城は柔らかな笑みを浮かべ、やり取りを終わらせた。

9

権藤が姿を現したのは、その一時間後であった。

キボウノヒカリのファンたちは既にこの場を立ち去っている。

車がビルの入り口に横付けされ、男たちにガードされた権藤が出てきた。

強行突破に出るものと思われる。

「行くよ！」

真由は急ぎ駆け寄った。

岸本がカメラをオンにしたまま後に続く。

権藤が、後部座席に乗り込んだ。

真由は窓ガラスを叩き、声を張り上げた。

「権藤さん、ひと言、お願いします！」

いいタイミングで、権藤が引き攣った顔をこちらに向けた。カメラが、動揺ぶりをしっかりと捉えている。

なぜか、車は動かない。クラクションが立て続けに鳴らされた。

見ると、咲が両手両足を広げて、車の前に立ちはだかっていた。

運転手が窓を開けて、怒鳴る。

「警察を呼ぶぞ！　そこをどきなさい！」

「死んでも、どきませぇーん！　取材に応じてくださぁーい！」

咲の金切り声が響く。必死の顔つきも、画面に映し出されていることだろう。

スタジオの大杉が、すかさず叫ぶ。

「もうー、やめて！　大怪我しちゃうよ。ＡＤさん、取材はしなくていいから、離れて」

運転手が後ろを振り向いた。車をバックで発進させるつもりか。

最大の見せ場だ。真由は、あらん限りの声を張り上げた。

「権藤さん、逃げないでください！」

車が動き出した。

横跳びで追いつつ、「権藤さん、取材に応じてください。栃木競馬廃止の件……」

ここで、またも、大杉。

「榊原さんも、やめて！　車を追わないで！　危ない目に遭うのをもう見たくないよぉ」

最後は、涙声になっていた。大杉は、ものの見事に盛り上げ役を果たした。

権藤の逃走劇として、これ以上ないシーンが映し出せた。

真由は満足して、現場からの放送を終了させた。

咲は、得意顔だ。

「気っ持ち良かったぁ！　突撃取材って、一度やったら、やめられませんね」

「カッコ良く撮ってやったぞ。田舎の婆ちゃんも喜ぶぜ。VTRを何度も流すだろうから、教えてやれ」

あたしは、岸本みたいに甘い顔はしないから……。

咲の頭を小突いてやる。

「あんたごときが、しゃしゃり出てくるんじゃないよ。十年早い。ADは地べたを這いずり回れ。あたしたち皆、そうやって一丁前になったんだ」

「はーい。これからも榊原さんを見習って、頑張りまーす」

先輩の教えが、まるで耳に入っていない。

まっ、いいか。あたしも、AD時代は、跳ねっ返り娘。さんざん先輩たちの手を煩わせてきたもんなぁ。

「この現場に、もう用はない。厩舎村に戻るよ」

次のヤマ場は、身代金の受け渡しである。

果たして、どんな展開……望むらくは、ハプニングが巻き起こることやら。

第四章　深夜の競馬場で

1

午後十時三十分——身代金の受け渡しまで、あと三十分となった。

既に、全日本セキュリティーから派遣された二十数名のガードマンが、競馬場内を隈なく点検し、異常なしと確認している。現在は、外部からの侵入を防ぐため、要所を固めている。奈央子の護衛にあたる精鋭部隊五名は、今のところ舟木厩舎の事務所で待機中だ。

真由のもとに、新堂から指示が入った。

「護衛隊の責任者と話をつけたんだが……君は、奈央ちゃんの真横にずっと付き添い、一部始終を実況中継してくれ。周りは精鋭部隊が固める。カメラ位置はその外」

「おやすい御用です」

と了解したものの、気持ちの盛り上がりが足りない。

「どうせ、危険なことは何も起きないでしょうから」

新堂が笑う。

「さっき番組で、本間もそう断言していたがな」

「なにかハプニングが起きると、いいんですが」

そうでないと、視聴者も拍子抜けしてしまう。果たして深夜まで見続けてくれるか。気が揉めてならない。

「やれやれ、今日も熱帯夜か」

額に汗を滲ませた岸本が、顔を顰《しか》めた。

ほぼ無風に近い状態だから、肌がべた付いている。

「あれぇー！」

咲が素っ頓狂《とんきょう》な声を上げた。

真由は耳を塞ぐ。

「その金切声、やめろって。ウザったいね」

「だってぇ……あの人たち、追っ払われたくせに、またやってきたんですよ」

見ると、競馬場に続々と集まってきていたキボウノヒカリのファンたちだった。

一時間ほど前に、自分たちも護衛役を務めたい、と厩舎村に押し掛けてきた。護衛隊長から体《てい》

よく追い払われ、すごすごと引き上げたかに見えたのだが、

「もう、うんざり。自分たちが邪魔な存在だと自覚できない厄介者ばっかり」

それだけ奈央子に対する思いが強いのか。わざわざ栃木まで来て、引っ込みがつかないのか。テレビで生放送されている現場に、野次馬として残りたいのか。いずれも当て嵌まっているように思える。

「今度は人数が、凄く増えてますよ」

一見しただけで百人以上の大集団と分かった。

統制がまるでとれていないが……、よしっ、これなら絵になる。

すかさず、真由はスタジオに「中継、入ります」と伝えた。

喧騒《けんそう》を聞きつけたのだろう。折よく、奈央子が護衛隊長とともに姿を現した。

ますます好都合だ。

奈央子は、神妙な顔つきを装っている。この場の宥《なだ》め役は、自分しかいないと判断したのだろう。

「皆さーん、その気持ちだけで十分です。どうか危険な場所に近づかないでください」

奈央子が、けなげにも頭を下げると、そこここから声が上がった。

音声係が素早く動き、うまく声を拾った。

「見捨てられるわけ、ないじゃんか!」

「奈央ちゃんと一緒なら、死んでも構わないよぉー！」

悲痛な叫びと形容してもいいだろう。涙声も混じっている。

大袈裟な、と真由は吹き出しそうになったが、いい場面が撮れた、と満足もしている。

とはいえ、時間が迫っている。

真由は、護衛隊長に妥協案を示した。

「もう電車もバスも走っていません。この人たちは競馬場で一夜を過ごすことになります。スタンドの安全な場所から見守るというのでは、いかがでしょうか」

真由としては、邪魔者を排除すると同時に、格好の見物席を与えてやったつもりだ。

「私からもお願いします。ぜひ、そうしてください」

奈央子が涙ながらに頼むと、護衛隊長が折れた。

「皆さんが、全て自己責任でそうすると言い張るのなら、止めようがありません」

これで納得したらしく、ファンたちは、スタンドに向かった。

意地悪い目で眺めていたせいもあるだろうが、どの足取りも軽やかそうに見えた。先ほどの悲痛さはどこへやら、ウキウキした顔が並んでいる。

真由の気掛かりは、あと一つ。ヤマ場の十一時ジャストに、視聴者がＢＳから地上波放送へスムーズに移ってくれるか、だったが……、「三十分間、放送をダブらせる」と新堂が伝えてくれた。

十一時十分前――

真由と奈央子は、護衛隊と取材スタッフを引き連れて、厩舎村を出た。

指定されたゴール板まで普通の足なら三分もあれば着く。だが、このシーンは『辺りを警戒しつつ』とのニュアンスを込めて、ゆっくりと歩を進めた。

真由は、声のトーンを落とし、コメントする。

「ご覧のように辺りは、正真正銘の真っ暗闇です。物音ひとつ聞こえていません……。いま、テレビを見ているであろう犯人に伝えたいことがあります。舟木奈央子さんは、身の危険を顧みず、こうして指示に従っています。そちらも約束どおりキボウノヒカリを無事に返してください」

内容があるコメントではなかったが、緊迫感が画面を通して伝わればいいと考えている。

岸本が前に回り込み、正面から奈央子の顔を捉えた。真由も横目で表情を窺った。

純情可憐さは消えている。キリッとした顔……緊張しながらも決意を胸に秘めたアスリートのような顔となっている。

綺麗……真由でさえ、素直にそう感じた。

ファンの多くが熱い溜息を洩らしたのではないか。コメントはかえって邪魔と判断し、控えることにした。

十一時三分前――

ゴール板前に達した。

先乗りしていたガードマンから、「異常ありません」と報告があった。

向かいのスタンドにファンたちが陣取っている。固唾《かたず》を飲んで見詰めていることだろう。

静まり返っているがゆえに、かえって緊迫した空気を醸《かも》し出している。

護衛隊が、奈央子と真由を取り囲んだまま、こちらを背にして、四方八方に目をやった。

「現在位置で厳戒態勢に入れ」と護衛隊長が命じた。

犯人から連絡があることを想定し、奈央子は携帯を手にした。

十一時ジャスト――

「身代金、払います」と奈央子が告げ、百円玉を宙に投げた。

ほぼ同時に、奈央子の携帯に着信があった。

真由の体に緊張が走る。睨んでいたとおり、ここで犯人は本当の要求を明かすのか。さもなければ、奈央子を別の場所に移動させるなど、何らかの指示があるはずだ。

「犯人からメールです」

奈央子が携帯を真由に手渡した。てっきり電話で連絡がくると思い込んでいた。動揺はなかったものの、少し虚を突かれた形となった。

ライブ感を重視して、一字一句そのまま読み上げる。

「タイトルは、真面目な誘拐犯より、となっています。文面は……全国の皆さん、今晩は。奈央子さん、榊原さん、お疲れ様です。確認したいことがあります。奈央子さんは、キボウノヒカリを無事に戻せるなら、何でもやると言っていましたが、本当にその決意があるのでしょうか。榊原さんにも同じことを伺います」

奈央子が即座に答える。

「どんなことでもしますので、ヒカリを返してください。お願いします」

あたしまで巻き込まれてしまうわけ？

だが、不安よりも、美女二人の競演も面白い、視聴者も喜んでくれるだろう、という思いのほうが今は勝っている。

真由は、反射的に「私も同じです」と伝えた。

犯人からすぐにメールが入った。

文面を見て、真由は、一瞬ポカンとなった。

《では、お二人とも、その場で、三回まわってワンと言ってください》

これが要求？……ふざけんじゃないよ！

吠えそうになったが、グッと堪《こら》えて、文面を読み上げた。

誰もが息を呑んだか、すぐには意味が飲み込めないのか、スタジオや競馬場内から何の反応もなかった。

ここで取り乱したら、犯人の思う壺だ。

真由は、かろうじて自分を保ち、「ジョークだと思いますけど」と付け加えた。

だが、既に真由は犯人の意図を察している。お前たちは、飼い主の命令に従うしかない犬コロだ。屈辱的な姿を画面で晒し、絶対服従の態度を示せ、というわけなのだろう。

奈央子と目が合った。

怒りに顔を歪ませていたが、諦めともとれる溜息を洩らした。

「分かりました。何でも言うとおりにします」

と、奈央子は呟き、唇を噛みしめるようにして、体を回転させた。

三回まわって……「ワン」

小さく発した声に、奈央子の悔しさが滲んでいた。

それがスタンドのファンにも伝播《でんぱ》したのだろう。滑稽な姿を見ても、笑い声ひとつ洩れず、静まり返ったままだった。ガードマンたちも皆、奈央子から目を背けたまま、動けずにいる。

さあ、次はあんたの番だよ……、と促すように、奈央子が鋭い眼差しを突き刺した。

冗談じゃないよ。恥を晒すくらいなら、今すぐ放送を打ち切ってやる！

心で抗《あらが》ったものの、テレビ屋の本能が蠢《うごめ》いている。ここで拒否したら、以後の交信が途絶えてしまうかも知れない。

ほんの一瞬じゃないか。屈辱を背負い込んでも、次なる展開へと転がしていきたい。視聴者の誰もが、それを期待している。

えーい、ヤケクソだ、笑うなら笑え！

真由は、目を固く瞑《つむ》った。

一回転……二回転……足がよろけたが、かろうじて三回転……「ワン！」

開き直ってやったせいか、自分でも驚くくらいの大声が出た。

アップで顔を撮られなかっただけマシだが、屈辱感で頭が破裂しそうになっている。

荒い息で自身を宥めていると、またメールが入った。

今度は、何？……まだ解放してくれないの？

文面を見た奈央子が、「えっ⁉」と驚きの声を上げた。

その顔が、見る見る強張った。余程のことがない限り、こんな反応を示す女ではない。

「見せてください」

奈央子が汚い物でも放り出すようにして携帯を渡した。その手が震えている。

真由は、文面に目を通した。

次の瞬間、生中継されていることも忘れ、「なんてことを！」と口走ってしまった。

衝撃が強すぎて、文面を読み上げることもままならない。何もかもブン投げて、この場から逃げ出したくなった。

スタジオの本間から声が掛かる。

「よほどショッキングな内容なのかな？　どんな要求であれ、私が判断するから、榊原さん、読み上げて」

真由は、大きく息を吸い、動揺を鎮めた。

レポーターとして文面をそのまま伝えるだけだ。要求に従うわけじゃない。

《パチパチパチ。二人とも上手に芸ができましたね。榊原さんが、ちょっとふてくされ気味だったけど、ま、いいでしょう。さて、次は全裸になってください。そのまま犬になり切って、チンチンの格好をしてみましょう。可愛らしくお願いしますよ。皆にウケたら、キボウノヒカリを解放してあげます》

一気に読み上げた。怒りで声が震えていたと思う。

「調子に乗ってんじゃねえぞ、こらーっ！」

ここまで黙っていた大杉が怒鳴ったが、後が続かない。

「私……やります」

奈央子が、悲壮な面持ちでTシャツを捲《まく》り上げようとしている。

咄嗟に真由は叫んだ。

「モザイクかけて！」

本間の声が重なる。

「奈央ちゃん、ストップ！　何もしなくていい」

「でも……」

奈央子が戸惑い顔で立ち尽くした。

「そのメールは犯人からじゃない」

ぴしゃりと断定した本間に、大杉が頷きを向ける。

「ですよねぇ。私もそんな気がする」

「勘で物を言ってはいけない。すぐに証拠を見せてあげるから……。そこのガードマンさんたち、ゴール板の辺りを念入りに探しなさい。盗撮用のカメラが仕掛けてあるはずだ」

ガードマンたちが動いた。

こちらは黙って、見詰めているしかなかった。本間の推理が当たることを祈りつつ……。

「ん？　これかな」

「ありましたぁー！」

真由は、胸を撫で下ろした。

ガードマンにマイクを向けると、

「でも、夕方、我々が点検した時にはなかったんですが」

実直そうな態度からして、失態をごまかしているふうには感じられなかった。

「これで、はっきりしたな」

本間が得意げな顔で推理を続ける。

「盗撮カメラを仕掛けた薄汚い便乗犯……そいつは、今、競馬場のスタンドにいる」

スタンドでは大半の者がスマホでテレビを見ているらしく、どよめきが巻き起こった。

「そこのファンたち、スマホの操作を一切やめて、すぐに隣の者と交換しろ。互いにメールの送信記録を確認し合え。スマホを見せない奴が犯人だ。皆で突き止めろ」

落ち着きを戻していた真由は、素早く反応した。

「スタンドを映して。ボカシを入れといてね」

全体を一画面に収められるよう、広角の照明が当てられた。薄明りの中とあって、細かい動きまでは分からないものの、皆が素直に従っているようだった。

そのまましばらくスタンドの模様を映し出した。音声も、手元のマイクはオフにして、スタンドのざわめきだけを拾うようにした。

「素振りが怪しそうな奴は……、うーん、見当たらねえなぁ」

岸本が呟《つぶや》いた。

真由の目にも同じように映っている。

「本間の読み違えかな」

「どうやら、全裸でチンチンの覚悟をしておいたほうがよさそうだぜ」

カメラを構えたままの岸本を、ブッ叩くわけにもいかない。

「真由さん、心配しないでください。モザイクをいっぱいかけますから」

こちら咲の頭は思い切りはたく。

「本間さん、どういうことなんでしょうか」

大杉が困惑の顔で問うた。

「なるほど、そういうわけね」

本間は、冷笑を浮かべている。相変わらず余裕たっぷりだ。

「こんなカラクリ、簡単に見抜ける。盗撮犯は複数なんだよ。よし、スマホを元に戻し、今度は前後の者と交換してみろ」

本間の読みが見事に当たった。

盗撮未遂犯は、一番後ろの隅に座っていた二人組だった。

慌てふためいて席を立つと、必死の形相《ぎょうそう》で階段を駆け下りてきた。

二人とも見るからにオタクっぽい風体《ふうてい》だった。今のところ映像にボカシを入れてあるので、全国に顔を晒す恥だけは免れている。

「こらぁー！」「逃げるな！」「土下座して謝れ！」

怒号が巻き起こったが、後を追おうとする者はいなかった。

「あんたらに大恥をかかせた奴らだ。とっ捕まえて、スケベヅラを晒してやろうか」

岸本がニヤリとした。

真由とて怒りが収まっているわけではないが、屈辱的な姿を晒した直後とあっては、さっさと話題を切り換えたい。先ほどの場面のＶＴＲも流さないよう、新堂に頼んでおく。

「放っときゃいいよ。セコい便乗犯を吊し上げたところで、番組が面白くなるはずもない」

とはいえ、ライブのドタバタショーとして視聴者には楽しんで貰えただろう。

だったら、それでいいじゃないの。

こんなふうに気持ちの切り替えが早いのも、テレビ屋向きと思っている。

二人組は、一目散に通用門のほうに逃げていった。

「あーあ、破廉恥《はれんち》野郎が、みっともないザマだ」

「ママが見てたら、泣くぞぉー」

本間と大杉が、大笑いで囃《はや》し立てた。

2

結局、『新展開は何も起きない』という本間の読みどおりとなった。

護衛隊長がマイクを手にして、スタンドのファンたちに告げた。

「我々は厩舎村に戻り、夜通し警備にあたります。皆さん方には申し訳ありませんが、厩舎村へは立ち入り禁止とさせていただきます。夜明けまで、その場でご辛抱《しんぼう》願います」

「冗談じゃねえぞ！」「腹、減ったぁ！」「飲み物、ちょーだいよぉ！」

スタンドから一斉にブーイングが上がった。

そんなところにタイミング良く、弁当屋がライトバンで駆け付けてきた。

あっと言う間に黒山の人だかりとなる。押すな、押すなで、すっかりお祭り気分だ。

この様子も生中継で流した。

「これで、ファンたちが騒動を起こすこともないだろう。あたしたちも引き上げるよ」

真由たち取材チームは、厩舎村に戻った。

宿泊場所として、今夜も舟木宅があてがわれている。

新堂から、この後の番組進行に関して連絡があった。

「今夜は、もう何も進展がないだろう。キャスターやスタッフを休ませておきたい。深夜はVTRで繋ぎ、《お目覚めワイド》で生中継を再開させる予定だ。その段階で、鬼塚の名と疑惑を明かすことにしよう。レポーターは引き続き、君に任せる」

真由とスタッフに与えられた睡眠時間は、最長で五時間。

皆が過酷な労働に慣れているとはいえ、猛暑の中で未明から深夜まで動きづめだった。今のうちに眠りを貪っておかなければ、タフな連中も参ってしまう。

「今夜は、これで解散」

とスタッフに告げた途端、どっと疲れに見舞われた。

余力を振り絞ってシャワーを浴びた。

倒れ込むようにして、いつもの部屋に入った。

テレビをつけたまま眠るつもりだったが、そうはさせてくれなかった。

「ただ今、犯人と思われる男から電話が入りました。本間さんと話がしたいそうです」

顔に疲れを滲ませ、目もしょぼつかせている大杉が告げた。

「ほおーっ、単なる手先が今さら連絡してこられない、と私は読んでいたんだが」

本間は、まだまだ元気だ。ニヤッとして続ける。

「何か企みがあってのことだろうが……、聞くだけ聞いてやるか」

スタジオと電話が繋がった。

「まず、本間さんにお礼を言っておきます。盗撮犯を見つけてくれて、ありがとう。お陰で、私としても品格を保つことができた」

毎度のことながら、明朗闊達《めいろうかったつ》といった口調だった。声からしても、実行犯本人と断定していいだろう。

本間が薄笑いで応じる。

「本当の要求を聞こうじゃないか。それを伝えたいから、電話してきたんだろ？」

「私としては、百円を放り投げてもらっただけで十分です。他に要求はありません」

「全国の人が聞いているんだ。ごまかしは無しにしようよ」

「要求に従っていただき、私は大満足です。まだ予断を許しませんが、約束どおり、レースまでに無事解放することとなるでしょう。この誘拐事件は、あくまで身代金目的であって、殺害目的では決してありませんので……。それを伝えたいがために、奈央子さんに携帯を持ってきてもらったんですが、邪魔が入ったため、こうして電話した次第です」

「私に子供騙しは通用しないよ。身代金目的と言ったが、あんたは、何の利益も得ていないはずだ」

「私は、まだ予断を許さないが、と前置きしたはずです。利益を得るのは、これからとは考えられませんか」

本間が、してやったりといった顔となった。

「語るに落ちたというやつだな。喋りすぎる犯人は、自ら墓穴を掘るものだ。あんたは、誘拐の首謀者から、幾ら成功報酬を貰える約束となっているんだね」

負けじとばかりに、犯人も余裕の笑いを洩らした。

「あなた方は、権藤さんとかいう県議が私を操っているとお考えなんですね。事件とは何の関係もないのに、追い掛け回されて、気の毒な話だ」

ここは一方的に喋らせておいたほうが得策と考えたのだろう。本間は何も答えず、「続けて」と促した。

「誤った報道をしないように、親切心から言っておきます。私は、権藤さんと、ひと面識すらありません。テレビで見て、初めてその名とプロフィールを知ったくらいです。この事件と栃木競馬廃止問題を結び付けた着眼点は評価しますが、残念ながら、全くもって見当違いです」

本間は真に受けていない。真由はもちろんのこと、視聴者の大半も同様だろう。

「分かった、分かった。権藤県議は、事件とは無関係としておこう」

本間は小馬鹿にした口調で躱し、「では、あんたは、誰からどんな形で、どれだけの金を得ようというのかね。言えないなら、それでも構わないが」

「ああ、もう、やんなっちゃうなぁ」

今度は、犯人が揶揄《やゆ》を入れる番だった。

「ミステリー作家ならではの推理力を、もっと働かせてくださいよ。これまでの展開や、私の言葉一つ一つを分析すれば、自《おの》ずと答えが出てくるはずなんだけどなぁ」

「ミステリー小説の基本は、読者に対してフェアであること。つまり、推理の材料を全て提供しておかなければならない。出し惜しみや後出しは、ルール違反なんだよ」

犯人の笑い声が響く。

「ヒントなら、既に全部出してあげたでしょ。あなた方の推理力が及ばないだけです」

あからさまに愚弄《ぐろう》され、さすがの本間もムッとした顔となった。

「夜明けまでたっぷりと時間があります。視聴者の皆さんも交え、推理合戦で花を咲かせてくださいね。私がこの次、連絡するのは解放の時です。それまでどんなアクションも起こしません。仮に変事があったとしても、偽者の仕業とお考えください……。それでは、皆さん、おやすみなさい」

この後、犯人は鳴りを潜めちゃうわけ？

それは困った。事態が進展していかないと、番組が持たない。

だけど、もう駄目……体力、思考能力の限界……明日は明日の風が吹く……

真由は、頭にもやもやを抱えたまま、泥のような眠りに引き摺り込まれていった。

第五章　一転、また一転

1

ドンドン、ドンドン……部屋のドアが激しく叩かれた。

うるさい！　何時だと思ってるのよ。

怒鳴ろうとしたが、声が出なかった。代わりに枕をぶん投げた。

「入りますよ！」

と、咲の金切声。「榊原さん、起きてくださぁーい！」

無視を決め込んだ真由の体を、咲が揺すりたてる。

「大変なんです。起きてくださぁーい！」

まったく、もぉーっ、昨日と同じパターンじゃんか。いい加減にしろよ。

「うるさぁーい！　殺すぞ、おらぁー！」

「大事件です」

舌打ちが出る。

「分かってるって。キボウノヒカリがいなくなったんだろ？」

「なに、寝ぼけてるんですか。別の事件ですよ」

時計を見る。四時三十五分――、起きてスタンバイしなければならない時刻だ。

咲が飛び込んでこなかったら、しくじるところだった。未熟なＡＤでも、目覚まし時計の代わりくらいにはなるようだ。どうでもいいけど……。

「テレビ東都に爆発物が仕掛けられたんです」

と聞いて、一瞬、体が強張った。

だが、それも束の間。すぐに笑いが込み上げてきた。

「物事は正確に報告しなよ。爆発物を仕掛けるぞ、とかいう脅しがあったんだろ？　特番を打ち切らなきゃ、爆破させるとか言っちゃってさ」

「凄ーい！　鋭い直感と推理力。さすがですね。尊敬しちゃいます」

「お決まりのパターンじゃんか。騒ぐことはないよ。どうせ悪戯《いたずら》なんだから」

目覚めていない頭でも、これくらいの判断はつく。

「でも、スタジオでは大騒ぎになってます」

咲がテレビをオンにした。

真由の口から欠伸《あくび》が洩れる。まるで関心はないが、状況把握しておかなければならない。

着替えを急ぎつつ、画面を眺めた。

緊張した面持ちの局アナが映し出されていた。

「繰り返します。本日の午前四時七分頃、キボウノヒカリ誘拐事件の公式ツイッターに、テレビ東都に対する爆破予告が出されました。文面は、『たかが馬が連れ去られただけなのに、一日中放送しっぱなしとは、どういう了見だ。公共の電波を無駄遣いするな。直ちに放送を中止せよ。さもないと、テレビ東都のビル内に仕掛けてある爆発物を破裂させる』というものでした。局としての対応ですが……」

高城が冷静さを失っていない顔で答える。

「悪質な悪戯とも思えますが、万が一の場合も憂慮《ゆうりょ》されますので、全日本セキュリティにビル内の捜索を依頼しました。爆発物の発見と処理のノウハウもお持ちのようですから」

「警察に通報は？」

「悪戯の線が濃厚ですので、現段階では控えます」

警察が捜索に入ると、危険の回避を理由に放送の一時中断を命じられる恐れもある。だから、高城の判断は妥当である。

そもそも、テレビ局に対する脅迫など、取り立てて大騒ぎするほどの出来事ではない。局員の誰もが「またかよ」と舌打ちしているはずだ。

番組の内容や出演者に対するクレームをはじめ、中には野球中継を試合途中で打ち切られ腹が立っただの、イチャモンを付けて、爆破予告を突き付けてくる輩《やから》が後を絶たない。

いちいち公表していないのは、全てが悪戯であり、真似する者を増やしたくないからだ。

とは言っても、テロのターゲットとなりやすいテレビ局だから、警備態勢は厳重である。入館者には身分証の提示や手荷物検査を徹底しているし、館内の至る所に設置された防犯カメラで、二十四時間監視を続けている。

実際のところ、爆破事件はもとより、爆発物が仕掛けられたことすら一度もない。

真由は、公式ツイッターにアクセスした。

問題のコメントは確かに存在していた。しかし、その直後には『悪戯に決まっている』といった主旨のコメントがずらりと並んでいた。

誘拐犯は、もう何も行動を起こさないと宣言した。だから、別人物による悪戯と、誰もが見透かして当然だ。

おまけに、SNSを利用して犯行予告だなんて、今どきありふれていて、インパクトがない。もうちょっとオリジナリティのある脅しを考えろよ、と笑ってやりたい。

中には、こんな推測も出ていた。

《ひょっとしたら、放送を中止させたい権藤が仕掛けた脅しでは？》

あまりに短絡的な読みに、真由の口から失笑が洩れた。

「子供の喧嘩じゃないんだよ」

県議会のボスとして謀略に長《た》けている権藤である。真っ先に自分が疑われるような行動に出るはずもない。

もっとも、こうした邪推が飛び交い、番組がまた盛り上がってくれれば、ありがたい。

正直な話、生放送のネタに困っていたところだった。真由としたら、脅迫犯に感謝したいくらいだ。

「テレビ局を爆破だなんて、悪戯に決まってますよね」

と、咲は心配顔だ。

「答えが分かってる質問はすんなよ」

番組スタッフの誰もが悪戯と重々承知している。そのうえで、脅迫を真に受けたふうを演じているだけだ。スリリングなシーンを放映し、視聴者を吸い寄せるために……。

「もしかしたら、ライバル局の仕業かも知れませんね。視聴率を独占されて、はらわたが煮えくり返っているでしょうから」

何でもありのテレビ業界だから、可能性としては考えられなくもないが、

「あり得ないね。全国の人々の目を釘付けにしている特番のさなかに、番組中止を求める爆破予告を出してごらんよ。逆に視聴率を跳ね上がらせてしまう結果となる。そんなことは皆、分かっているから、指を咥《くわ》えて見ているしかないのさ」

新堂から連絡があった。

「テレビ局に対する爆破予告とは、まったくもって都合がいい。何事が起きなくても、二、三時間程度なら番組を繋げるな……。それはそうと、昨日の視聴率の速報が出た。まさに前代未聞の数字だ。社長賞、いただきってとこだな」

真由としては、笑いが止まらない気分だ。

これから爆発物の捜索をリアルタイムで流すこととなる。今日は、全体的に昼間の視聴率が高まる土曜日でもある。『前代未聞の数字』の、そのまた上をいくことは確実だ。

この際だから、後世に語り継がれるような数字を達成したい。

2

六時三十分をもって、特番のキャスターが、昨日は不評だった桐島吾郎と安藤千里に替わった。

「おはようございます。我々の身にも刻々と危険が迫る異常事態となっていますが、平常通り番組を進行させて参ります」

桐島が緊張した面持ちで、千里は悲壮とも言える面持ちで登場した。どちらも防災服とヘルメットを着用している。

実際に爆破が起きた時、これらの備えがどれほど役立つのか。そう思うと滑稽《こっけい》だが、緊迫感を演出するための小道具と、微笑ましく見てやりたい。

爆発物の捜索部隊から無線連絡が続々と入っていた。こちらも緊迫感を出すため、ガーガー、ピーピーの雑音入りで、そのまま流している。

「一階クリア」……、「二階クリア」……、
特番のスタジオは二階にあるので、ひとまず放送に支障は出ない。

「三階の更衣室で不審物発見」

一瞬、スタジオの空気が張り詰めたが……、「爆発物ではありません」

桐島が、強張《こわば》った顔のまま告げる。

「このように緊迫した状況なんですが、キボウノヒカリ誘拐事件の解明に戻りたいと思います。

渦中の人物、権藤県議にインタビューを試みるため、記者が現在、自宅前に待機しています……。そちらの様子は、いかがですか」

現場からの中継に移った。

画面を通した限りでは、かなりの豪邸と見える。立派な門構えの向こうに、鬱蒼《うっそう》と庭木が茂り、カメラ位置から建屋は見通せない。

記者が門の脇に取り付けられたインターホンのスイッチを押した。

「先ほどから、こうして何度も鳴らしているんですが、返答は全くありません。ご覧のように建屋が奥深い所にありますので、中の様子を窺うこともできない状態です」

爆弾騒ぎと権藤の不誠実な対応に関連性はないのだが、番組で連続して見せられると、テレビ東都への脅迫にも権藤が絡んでいるように思えてくる。

いや、視聴者がそう受け取るよう、テレビ局が仕向けている。

権藤の弁護士が、また抗議してくれると、ますます都合がいいんだけど……、と少し期待したいところだが、火に油を注ぐような真似はしてこないだろう。

番組は、快調な滑り出しで、滞りなく進行した。

ところが、七時ジャスト——、誰もが予期していなかった事態が発生した。

「えっ!?」……、「あれっ!?」

桐島の目がいっぱいに開く。

「いま、爆発音が……」

「聞えました、私にも」

千里の顔に、怯えがありありと出た。

捜索隊からの無線が、途端にかまびすしくなった。

「四階北側のトイレで爆発の模様！」

「全員直ちに現場に向かえ！」

「こちら、現場。火は出ていませんが、煙がもうもうと……」

四階は、まさしく特番を担当している情報ワイド局のオフィスである。

爆発音を聞き、社員が集まってきた様子が聞き取れる。

「ここは危険です、皆さん、離れて！」

本当に爆弾が仕掛けられていたってわけ？

驚きが強烈過ぎて、真由の頭は空転するばかりだった。

スタジオの人々も皆、体が固まり、言葉一つ出ない。

いち早く記者とカメラマンが駆け付けたようで、爆発現場からの中継に切り換わった。

「ご覧のように、トイレには煙が立ち込めていますが……、中はどうなっていますか」

記者が、ガードマンに問う。

「大事には至っておりません。破損箇所もないようです」

ガードマンの顔には、煤《すす》がこびり付いている。

「爆弾が仕掛けられていたんですね」

「小規模の爆弾なんですが、時限発火装置が付けられており、七時ちょうどに作動したと思われます」

「怪我人は？」

記者が、傍にいた社員に問う。

「トイレには誰も居ませんでしたので……。フロア全員の無事が確認されています」

「テレビ局で爆弾事件とは、前代未聞の出来事ですが」

「こんな卑劣な犯罪、絶対に許せません」

スタジオに移る。

「いやはや、冷や汗が出ました」

桐島は、言葉どおり顔から吹き出た汗をハンカチで拭った。

「すみません。私、もう……」

千里が手で口を覆い、スタジオの奥に駆けこんだ。極度の緊張のあまり、体調に異変をきたしたようだ。
　スタジオのどこからか声が上がった。
「ツイッターに書き込みが出ました！」「爆弾犯からです！」
　真由は、急ぎアクセスした。
《これで単なる脅しではないと分かったな。繰り返す。直ちに放送を中止せよ。さもなければ、さっきの百倍の威力を持つ爆弾が炸裂することとなる。爆破時刻は予告しないが、今すぐ退避すれば、命は助かるだろう》
　これを受けて、視聴者からのコメントが連なる。
《まじかよぉー》
《犯人は本気だ。ビルがぶっ飛ぶぞ》
《千里さん、大丈夫？　すぐに逃げてよ》
「なんてことだ。我々はどうすりゃいいんですか」
　桐島が顔面蒼白となった。
　表情を硬くした高城が答える。
「事ここに至っては、重大事件発生と判断せざるを得ません。現在、このビル内にいる者全員に命じます。直ちにビルの外に退避してください」

「放送を打ち切るんですか」

「いいえ。報道の自由を掲げているテレビ局として、卑劣な脅しに屈するわけには断じて参りません。スタジオからの放送は一時中断となりますが、厩舎村をメイン中継地として、続行させます」

この発言を受けるような形で、またもツイッターに爆弾犯からコメントがあった。

《まだ分からないのか。いかなる形であっても、番組の続行は許さない。死傷者多数が出るものと覚悟しておけ》

高城が席から立ち、再度、指示を出す。

「犯人は、先ほど、すぐに退避すれば危険はないと言っていました。まだ時間的な猶予《ゆうよ》はあります。どうか皆さん、冷静さを保って退避してください」

「では、我々も退避しますが……、必ずこのスタジオに戻ってきますから」

桐島の目は赤く、声も震えていた。しかし、悲壮感の高まりがそうさせるのか、毅然とした態度を保っていた。

キャスターとスタッフが順次、スタジオから出ていく。

千里は、女性AD二人に両脇を抱えられ、覚束《おぼつか》ない足取りながら歩を進めている。

その様子をカメラがしっかりと捉える。どんな危険な状況下でも、カメラマンは最後の最後まで撮影を続ける。これからしばらくの間、退避の模様が生中継されることとなる。

別のカメラが、階段を続々と降りてくる人々を捉えた。

テレビ東都の社員に混じり、タレントや俳優など有名人の姿も数多く見受けられた。

その中に、週刊誌で不倫関係をスクープされたばかりのキャスターと女子アナの姿もあった。しっかりと寄り添い、手を握り合っている。どう見ても恋人同士だ。スクープといったところだが……、そんなこと、今はどうでもいい。

引き攣《つ》った顔が並んでいたものの、取り乱す者は一人もいなかった。避難行動のお手本を示すように整然と、速《すみ》やかに退避した。テレビ慣れした者は、本能的にカメラを意識した行動をとるものだ。

誰もが無言で、コメントも一切入らなかった。それがかえって臨場感を醸し出していた。見ごたえのある映像を視聴者に届けられたはずだ。

七時四十六分——、全日本セキュリティーの爆弾処理チームと、放送電波の発信を担っているマスター室の担当者を残し、全員の退避が完了した。

3

新堂と真由のチームは、厩舎村からの中継に備え、仮設スタジオとなる集会場でスタンバイしている。

全員退避から一時間を経過した。

画面では、記者たちが走り回り、しきりに現場レポートしている。

「爆破がいつ起こるか分からず、現場ではピリピリとした空気が張り詰めています」

だが、ずっと画面を通して見ている真由には、

「なんか緊張感が薄れ、間延びした感じになってしまいましたね」と思えてならない。

画面では、ビルの外観が仰ぎ見る角度で映し出されている。

こんな変哲《へんてつ》もない映像を延々と見せられ、視聴者は肩すかしを食らった気分になっているだろう。野次馬とは、そういうものだ。

公式ツイッターにも苛立ちの声が並び出した。

《いったい、いつになったら爆破が起きるんだよ》

《人の不幸を願うなんて、不謹慎だぞ。アイドルたちも巻き込まれそうになったんだ。皆、無事で良かったじゃないか》

これは、建て前。画面を通してではあるが、爆破の瞬間に立ち会いたい、というのが視聴者の心理だ。

爆破予告……小爆発……全員退避……その全てをリアルタイムで見ていた視聴者にとっては、

驚きの連続だったと思う。だが、すぐに慣れて、物足りなくなるものだ。もっと、もっと衝撃的なシーンを見てみたい、と欲望はエスカレートしていく。
そんなことは百も承知の真由だ。爆破でも何でもいいから、さっさと起きろ、とヤケクソめいた気分になっている。退避したテレビ局員たちも、何事も起こらず、居《い》た堪《たま》れない気持ちになっていることだろう。
膠着《こうちゃく》状態の中で、ツイッターだけは賑やかだった。
《皆に悪戯と思わせておき、裏をかく形で小爆発を起こした。ガーンとショックを与えて、二度目の爆破も本気と思わせたわけだが、今度は一転してブラフというわけか》
《本気のわけないよ。テレビ局の警備は厳重なんだ。それを突破して、せっかく爆弾を仕掛けられたというのに、なぜあんなショボい爆弾なんだ。本気なら、最初からデカい奴を爆発させればいい》
《危険を冒してテレビ局に忍び込んでいるんだから、単なる悪戯ではない。かと言って、本気でもない。爆弾犯の意図は何なのか》
《テレビ局の全員を退避させること自体が目的だったんじゃないのかな。爆破時刻を予告しなかったことにも意味がありそう。いつ爆発するかわからないと思わせておけば、テレビ局の機能は停止したままだ》

《結論が出ましたぁー。やっぱり、番組を中止させたい権藤の仕業としか考えようがありましぇーん》

結局、権藤犯行説に戻ってしまうわけだが、憶測が堂々巡りするだけで埒《らち》が明かない。

新堂も、渋い顔となっている。

「犯人が爆破時刻を告げてくれたなら、メリハリを付けられるんだが……、これじゃ、間が持たないな。その辺にいる有名人に、手当たり次第インタビューしてくれ」

指示に応じて、俳優やタレントなどにマイクが向けられたものの、「驚いた」とか「怖かった」とか、異口同音のコメントしか出てこなかった。

「ビルの様子は、画面の小窓で流しておけばいい。十分後に、厩舎村を主とした二元中継に切り替える」

その矢先のことだった。権藤の自宅前で待機中の記者から連絡があった。

「権藤氏本人が、間もなくインタビューに応じるとのことです」

「しめた！　これでしばらく間を持たせられる」

新堂が相好《そうこう》を崩したが、

「どうせ、知らぬ存ぜずのコメントしか出てきませんよ」

「君がインタビュアーになれば、別の結果が出せるんじゃないか」

そのためには条件がある。

「唐突に、鬼塚の名を出してもいいですね」

「構わない。グサリと不意を突いてくれ。ほんの僅かでも動揺を見せれば、我々の勝ちだ」

さっそく画面に、『間もなく権藤県議に榊原真由が直撃インタビュー』との予告が、テロップで流された。

真由は、ゆったりと構えた。

出たとこ勝負には、自信がある。必ずボロを出させてみせる！

4

権藤の自宅前からの中継が始まった。

「ただいま、渦中の人物、権藤県議が姿を現しました」

傍らに、真由に暴行を加えた望月秘書と、局に抗議の電話を寄越した志垣弁護士が付き添っていた。

既に35℃を超えているが、テレビを意識してか、三人ともスーツ姿だった。

「キボウノヒカリ誘拐事件の当初から現地取材に当たっている榊原真由ディレクター、質問を始めてください」

記者が緊張した面持ちで、こちらに振った。

「榊原です。権藤先生、インタビューに応じてくださり、誠にありがとうございます」

低姿勢で切り出したが、権藤は厳めしい顔をカメラに向け、

「あなたですな。違法とも言える強引な取材を行ったばかりでなく、暴行を受けたと言い触らしているのは」

「事実を伝えているまでです」

冷静に対応すると、望月が色めき立った。

「誓って申し上げますが、私は暴行など働いていません。あなたのほうから、わざと躓《つまず》いてきた」

甘く見るんじゃないよ、と真由は心でせせら笑う。

こちらを動揺させる魂胆《こんたん》だろうが、テレビ屋はカメラに向かうと度胸《どきょう》が据わるし、余裕も出せる。但し、この話題が長引くと、こちらが不利になる。

「暴行場面をスロービデオで確認していただければ、どちらが事実を述べているか、お分かり頂けると思います」

と、視聴者を味方につける形で、軽く躱した。

望月が、怒り満面で、何か言い掛けたが、

「さっそく質問に入らせていただきます」と封じ込めた。

いい進行具合だ。

「権藤先生は、栃木競馬の廃止を強硬に推し進めていますよね」

「社会正義に基づいて、と言っていただきたい」

権藤は、堂々とした姿勢で応じた。

「栃木競馬は、もうこれ以上、赤字を重ねられないところまできています。地方財政が危機の折です。ギャンブルを存続させるために、血税を注ぎ込むようなデタラメが罷《まか》り通ってはならないでしょ。あなた方マスコミは、正しい認識に基づき報道すべきです」

時間が限られているので、敢えて反論はせず、先に進める。

「問題は……跡地をどうなさるおつもりなのか」

「私の一存で決められるような話ではない。県有地なんですから、県民の利益を第一に考え、議会で話し合うことになるでしょう」

「中国観光企業への売却が決まっているとの噂も出ていますが」

この程度の揺さぶりに動じる権藤ではなかった。

「誰なんですか。そんな噂を垂れ流しているのは？」

と、笑みさえ浮かべ、問い返してきた。

真由は答えず、さらに突っ込む。

「先生と関係が深い企業だと聞いていますが」

権藤は、余裕たっぷりの面持ちで、

「私を陥れようとする一派が垂れ流した噂をそのまま信じ、あろうことか、放送で流すとは……、マスメディアの横暴としか言いようがありませんな」

すかさず志垣がフォローする。

「昨日も申し上げたとおり、名誉棄損での刑事告発を早急に行います。覚悟しておかれたほうがいいでしょう」

ここまでの返答は想定内である。

自分のペースで進み、権藤の防御が甘くなっている。その隙を突く。

「次にお聞きしたいのは、鬼塚一郎氏と先生との関係です」

この質問が出たと同時に、権藤の顔をアップで捉えるよう、カメラマンに指示してある。

「はっ？　誰ですか」

と権藤は躱《かわ》したが……、瞬間、息を呑み、頬が強張った様子がありありと画面に映し出された。

真由は畳みかける。

「先生の後援会に入っている方です。親密な関係と判断してよろしいですね」

「そうは言うが、後援会には千名近い人が入っているんですよ。全員を私が知っているわけではない……。君は、知らんか」

権藤の顔が汗まみれになっている。猛暑の中でスーツを着込んでいるせいもあるだろうが、視聴者は焦りと見るだろう。

望月が首を捻った。こちらも、落ち着きを失い、目が泳いでいた。

ますますいい具合だ。

「聞いた覚えのない名前です。義理で後援会に入り、名簿に名だけ連ねているという人もいますから」

志垣が厳しい顔で告げる。

「事実に基づかない作為的な質問ばかりですね。公正なインタビューとは、とても言えない。もう、終了してよろしいですね」

「待ってください！」

と、真由はことさら大きな声を上げた。

重ねて問うべき事柄があったわけではない。強引にインタビューが打ち切られたという印象を与えるために、そうしただけだ。

もうこれで十分、と真由は踏んでいる。

この後の番組で、鬼塚のプロフィールを明かす。同時に、インタビューのVTRを流すが、権藤が落ち着いた態度で話していた部分は丸ごとカット。鬼塚の名を出され、動揺したシーンだけを、これでもかというくらい何度も繰り返し流してやる。

視聴者がどう判断するか、考えるまでもなかろう。

そもそもテレビ局に『公正な報道』などあり得ない、と真由は開き直っている。

もちろん、事実を捻じ曲げて報道しているわけでは決してない。但し、VTRの編集段階でテレビ局としての作為が入る。

例を上げればキリがないが……、たとえば、政治家に失言があった場合だと、話全体の脈絡《みゃくりゃく》は無視して、問題発言の箇所だけをつまんで編集する。

また、疑惑の渦中にいる人物に鋭い質問を突き付け、動揺が見られたシーンだけをピックアップする。そのうえで、同じ映像を何度も繰り返し流す。

テレビ報道でごく当たり前に行われている『印象操作』である。特に、ターゲットが政治家の場合は、視聴者の多くが「こいつはワル」と決めつけたがっているので、テレビ局としても容赦なく責める。こんなふうにして世論が築かれ、辞職に追い込まれた政治家が数多くいる。

真由は心でニヤつく。県議会のドンと、ふんぞり返っていたって、あたしたちが本気になりゃ、同じ目に遭わせてやることができるのさ。

「横暴は、これ以上、許しません。では、失礼」

三人はそそくさと立ち去りかけた。

その時、異変が起きた。

「なんだ、あんたは!?」

と叫んだのは、カメラから外れた位置にいる記者だった。

「やめろぉー！」

カメラがグルッと回り、その人物を映し出した。

腰だめの姿勢で、ナイフを構えた中年男。暴力団員を思わせる凶暴な顔つきであった。

「死ねぇー！　権藤」

だが、暴漢が動くより早く、望月の巨体が跳ねた。にじり寄る暴漢の前に、両手を広げて仁王立ちとなった。

望月の顔には、薄ら笑いが浮かんでいる。躱《かわ》す自信があるのか。

望月の鋭い目に威圧されたか、暴漢は動けずにいる。

その隙に、権藤と志垣は、二歩、三歩、後ずさった。

「おりゃー！」

暴漢が望月を目がけ、体当たりする形でナイフを突いた。

ドスッと鈍い音……、望月の腹に突き刺さった。

「ウワーッ！」

だが、叫び声を上げたのは記者だった。

望月は、声ひとつ洩らさない。

暴漢は、突き刺したはずのナイフを手元に戻した。

画面を通して見る限り、血はナイフについていないし、望月の腹からも流れていない。

暴漢が、信じられないといった顔をした。

望月は、ナイフを握った手の裏側に素早く回り込み、手刀を打ち込んだ。あっけなくナイフが地面に落ちた。

望月は、暴漢の手首を取り、腕を背後に捩《ね》じり上げた。

「あわや、というところでしたが、ご覧のように暴漢は取り押さえられました」

記者が興奮冷めやらぬ声で伝えた。

真由は唸る。さすが、ドンのボディーガードを務めるだけのことはある。熟練の武闘家を思わせるしなやかな動きだった。

それにしても、ナイフが突き刺さったように見えたが……、望月が瞬時に躱していたのか、スーツを着ていたのが幸いしたのか、犯人の手元が狂ったのか。

後でスローモーションビデオを流し、視聴者とともに確かめればいい、と真由は考えた。

暴漢は為《な》す術もなく項垂《うなだ》れている。凶暴な面構えは、どうやら見かけ倒しだったようだ。

志垣が、その場から一一〇番通報した。

「警察が来る前に、犯人から話を聞け」

新堂の指示を受け、記者が身動き一つできないでいる暴漢に問う。

「なぜ権藤先生を殺そうとしたんですか」

暴漢は答えない。

記者が質問を重ねる。

「何か恨みがあるんですか」

「こいつは極悪人だ」

「もしかして、キボウノヒカリ誘拐事件と、何か関係が……」

肝心な質問をしかけた途端に、「やめなさい！」と、志垣が制した。

「問うまでもなかろう。この者は誤った報道を信じ込み、権藤先生に殺意を抱いた。その意味では被害者と言ってもいい。全ての責任はテレビ東都にあると断じておきたい」

記者は引かない。

「では、あと一点だけ……あなたの名前は？」

「黙秘する」

記者は、権藤ら三人に問う。

「この男の顔に見覚えはありますか」

三人とも、「知らない」と答えた。

「全国の皆さん、この顔をしかとご覧ください。何者なのかご存知の方は、局宛てに情報をお願いします」

志垣が勝ち誇った顔で告げる。

「反省一つなく、誤った報道をまだ続けるつもりかね。君たちがやっていることは、全国民を欺き、扇動する重大犯罪だ。テレビをご覧の皆さんも、巻き込まれないよう、くれぐれもご注意ください」

程なくしてパトカーが駆け付け、暴漢は銃刀類不法所持により現行犯逮捕された。

5

「実にいいタイミングで、暴漢が現れてくれたもんだな」

新堂は、ほくほく顔だが、真由としては、ちょっぴり不満が残っている。

「もうちょっと抵抗して、格闘を長引かせて欲しかったですよ。秘書に傷の一つでも負わせてくれれば、もっといい絵になったのに」

「どこまでも貪欲《どんよく》なディレクターさんだな」

温かみのある揶揄には、ジョークで応じる。

「新堂局次長のご指導のお陰で、視聴率モンスターに変身した私です」

「爆破予告事件に飽き飽きしていた視聴者の目もカッと開いた。権藤の動揺ぶりも映し出せたことだし、これで良しとしよう」

画面では、襲撃シーンと権藤へのインタビューが、繰り返しVTR放映されている。

小休止していた真由のもとに、成瀬から電話連絡があった。

「鬼塚の足取りなんだが……、新潟市内の喫茶店で目撃されたとの情報があった。一ヵ月以上も前の話だから、当てにはならないが、これから向かうところだ」

「この後、番組で鬼塚のプロフィールを詳細に伝えますが、新潟で目撃された件を出しても構いませんか」

「ぜひそうして欲しい。捜索の範囲がぐんと狭まるからね」

成瀬は、目撃情報のあった喫茶店名を告げた。

「テレビ東都も、爆破予告で大変な騒ぎとなっているね」

「本当に大型爆弾を仕掛けたなら、そろそろ爆破が起きても良さそうなものですけど……」

成瀬が笑いを洩らす。

「テレビ屋さんとしては、自社ビルの爆破であれ、衝撃映像が欲しいといったところかね」

「視聴者なんて、無責任で残酷なものです。人の不幸を見たいし、大事件にリアルタイムで遭遇したい。そんな期待に応えてあげないと、視聴率は稼げませんよ」

真由の頭にふと、秋葉原で発生した無差別大量殺人事件が思い浮かんだ。その場に遭遇した野次馬たちが、どう振る舞ったか。瀕死の被害者に手を差し伸べるどころか、携帯のカメラで写真を撮りまくる者が多くいたと伝え聞いた。

いま画面を見詰めている人々も同様だ。野次馬根性という悪魔を心に宿している。

「ところで、爆破予告に関して、ツイッターでは権藤犯行説も流れていますが」

「あり得ないね。権藤は策士だ。自身にすぐ疑いが掛かるような真似は決してしない」

成瀬は、真由と同じ見解を示した。

「その策士が襲撃されたわけですが……、先ほどの暴漢は、何者だと思いますか」

「さあて」

と愉快そうに呟き、「単なるファンとは思えないね」

持って回った言い方が気に食わない。

「暴漢は手先に過ぎませんよね。では、犯行を命じた者は誰なのか」

返事がないので、からかいの言葉を入れてやる。

「政敵かしら。たとえば正義の味方、オンブズマンとか」

「ほんと、愉快な人だな、君は」

と笑い飛ばし、「仮に反権藤派による殺害計画だとして、全国の人々が見ている場で決行すると思うかね。やるなら、秘かに暗殺という手だよ」

「では、残された推理は？」

「視聴者に任せたら、いいだろ。とんでもない推理がポンポン飛び出したほうが、君たちにとっても都合がいいでしょ」

テレビ局から働き掛けるまでもなかった。襲撃事件を巡り、公式ツイッターが俄然、賑やかとなった。コメント内容も、これまでとは明らかに変わってきた。様々な暴露情報が飛び交い出したのだ。

《競馬場跡地の買収が決まっている中国企業って、マカオ最大の観光企業グループのことだよね。そこの幹部と権藤が会っているところを何度も目撃している》

《私は、かつて栃木で建設会社を経営していた者だが、地元の公共事業を完全に仕切っているのが権藤だ。彼の口利きなしでは、何一つ受注できない。実際に賄賂を渡したことが何度もあるし、

証拠も残っている》
《テレビ東都さん、しっかり取材しなさいよ。望月という秘書。あいつは、北関東を縄張りとしていた暴力団H組の元幹部で、傷害の前科もあります。県警の組織犯罪対策課に問い合わせてみなさい》
《志垣は、依頼主からの預かり金を着服して肥え太ったとんでもない野郎です。なけなしの金を奪い取られて自殺したお婆さんもいます。でも、権藤にくっ付いているので、逮捕されないんですよね》
遂には……
《私は、襲撃犯を知っている。去年、倒産したS建設の経営者で、名はM・Y。権藤が仕組んだ談合に参加しなかったため、銀行に手を回され、借金の全額返済を迫られた。たちまち倒産となり、一家は離散。権藤に復讐の念を抱いたとしても同情できる》
「いやはや、興味深い情報が、どっさり出てきたもんだ」
わかっているくせに、新堂が白々しくも言った。
「真偽のほどは不明。全部が嘘ということもあり得ます。なにせ、虚偽情報、何でもありのSNSですから」
SNSの本領発揮といったところだろう。虚偽情報が書き込まれた途端に拡散し、いつの間にやら、『事実』として社会に定着していく。

罪のない人を突如、犯罪者に仕立て上げることだって、簡単にできる。マスコミ報道の怖さを自覚している真由だが、ＳＮＳの怖さはその比ではないと思っている。

今や世界情勢すら左右する。『アメリカ大統領選挙で、ロシア政府がＳＮＳを駆使して虚偽情報を流し、トランプ氏有利に導いた』と米国政府は断定した。

こんな具合にネット世論を操作し、他国を混乱に陥れる『トロール部隊』が暗躍する時代となった。『フェイクニュース』という言葉も世界中に広まった。

それらと比べると可愛いものだが、権藤に対するバッシングは止めどもなく拡大していくことだろう。

「虚偽情報、大いに結構だ。ＳＮＳでどんな情報が飛び交おうと、テレビ局が責任を問われることはないからな」

新堂は、しゃあしゃあと言ってのけた。

「本間を番組に引っ張り出そうと思っていたが、ツイッターに参加させたほうがいいな。問題発言を期待しよう」

いい考えだと、真由は唸った。

ＳＮＳと番組との相乗効果が大いに高まっているところだ。本間の発言で炎上すれば、なお良し。視聴率が天井知らずで跳ね上がっていく。
新堂が連絡すると、待ってましたとばかりに、本間はツイッターに書き込みをした。それも、こちらの期待に応えてくれる『問題発言』だった。
《望月秘書は、腹を刺されたのに、傷一つ負わなかった。スーツの下に防刃《ぼうじん》ベストを装着していたか。または、幾重にも新聞紙を巻いていたか。これは、ヤクザが出入りの際にとった方法で、新聞紙を分厚く重ねると、貫通させることが困難となる。さて、以上から、どんな推理が組み立てられるか》
もったいつけていたが、自説を披露したくてたまらなかったのだろう。すぐに自分で答えを出した。
《なぜ、望月は、猛暑の中で防具を装着していたのか。まるで、暴漢が襲撃するのを、予期していたみたいだ。犯人もおかしい。本当に殺す気なら、カメラに映される前に、そっと忍び寄ってブスッとやればいい。ヤクザとは思えない動きの鈍さだ》
さらに続く。
《志垣弁護士は、襲撃犯をキボウノヒカリのファンと見なしていた。そのうえで、テレビ東都の誤った報道を信じ込み、殺意を抱いた、と息巻いた。テレビインタビューの最中に、何とも絶妙のタイミングで襲撃犯が登場してくれたもんだ。これを偶然と見る馬鹿はいないだろう》

ズバリの指摘こそ避けていたが、『自作自演』……つまり、権藤を窮地から救うために仕組んだ『偽装襲撃事件』と断定するコメント内容だった。

一応は、反論も出た。

《警察が捜査に乗り出せば、すぐに自作自演とバレちゃう。そんな危険な真似を権藤がするとは、考えられないな》

本間は、にべもなく退ける。

《権藤は、県議会のドンだよ。県警の幹部にも力は及んでいるさ。捜査したふりをして、犯人を釈放してしまえば、一件落着。よく考えた策略のようだが、ミステリーとしては三流の筋書きだ。私には通用しない》

本間の推理を支持するコメントがズラッと並び、ツイッター上では『自作自演』が確定的となった。テレビ東都としては、我関《われかん》せず、でいればいい。放送でツイッターの発言を取り上げることも、もちろんしない。

「果たして真相や、いかに」

新堂がニヤッとする。

そんなの、どうでもいいって思っているくせに……。

真由も『自作自演』と見ている。とはいえ、真相を突き止める気など、さらさらない。

「真相が闇の中だから、視聴者も興味を掻き立てられるんで、明らかになってしまったら、誰もテレビなんか見ませんよ」

テレビ東都にとって、『自作自演』説は実に都合がいい。視聴者も、同じ見方をしている。ならば、真相の解明など無意味。そのまま放っておけばいいだけの話だ。ひとりでに、これが真相という流れができる。

放送倫理なんか、知ったこっちゃない。

こんなふうにスパッと割り切れる者だけが、テレビ業界で生き残れる。

第六章　真相解明の糸口

1

午前十一時——厩舎村からの中継が始まった。

鬼塚の悪行を聴き取るため、舟木も仮設スタジオに呼んである。

真由は静かに切り出した。

「まず、現在の競馬場の様子をお伝えします。予定どおり、本日のレースは既に開始されています。明日の最終レースにキボウノヒカリが出場予定なんですが、早くも二万人を越えるファンが押し掛けています。これは栃木競馬場来場者の新記録だそうです。大変な賑《にぎ》わいと思われるでしょうが、先ほどファンの方々に話を伺ったところ……、『キボウノヒカリが無事に救出されるか、心配で堪らず、こちらに来た』と洩らしていました。皆さん一様に憂い顔で、競馬場らしからぬ重苦しい雰囲気に包まれています」

後半部のコメントは、まるで嘘っぱちだ。本来なら、ここで別チームがファンにインタビューする段取りだったが、

「事件を忘れてしまったみたいに、皆、ウキウキした顔で競馬に興じています」

との連絡が先ほどあった。

思わず舌打ちが出た。そんなシーンを映したら、番組が台無しだ。

「ブームに乗せられる連中というのは、そんなものなんだろうね」

新堂が苦笑いを浮かべ、スタンドでの撮影を取りやめた。

真由は本題に入る。

「さて、私が権藤県議に関係を問うた謎の人物、鬼塚一郎氏のプロフィールをここでご紹介します」

真由は、成瀬から聴き取った情報をかいつまんでレポートした。

画面には、成瀬が提供してくれた鬼塚の顔写真が映し出されている。

隣に座った舟木に問う。

「一時期は、栃木競馬の全厩舎が鬼塚氏から借金していたとの話ですが、厩舎経営はそんなに行き詰っていたのですか」

舟木は、痛々しいくらいやつれ顔となっている。

「馬券売上が減るにつれて、レース賞金が最盛期と比べ一桁落ちました。全ての馬主が損を抱え

ることとなります。厩舎に払っていただける預託料も、大幅に下がったんです。これでは厩務員や騎手の給料すら払いきれません」

「それでも、これまで存続できたのは？」

「県の競馬会から補助金が支給されていたので、何とか持ち堪えられましたが……、それも二年前に完全打ち切りとなりました。私ら資産のない者に銀行は貸してくれません。廃業するか、法外な金利を承知のうえで借金まみれになるか、二者選択しかなかったんです」

真由は、ここで権藤の関与を印象付けようと企んだ。

「補助金の停止ですが、栃木競馬廃止派からの圧力があったのではないですか」

「それは……」

舟木は口籠ったが、否定しないのだから肯定と、視聴者は見なす。

「鬼塚氏は、権藤県議を後ろ盾としていますが、そういう話を聞いた覚えはありますか」

「最初の頃は、権藤さんとの関係を口にしませんでしたが……、そのうち、返済が滞るようならバラすと脅されるようになりました」

「そうなると、皆さんとしては困るわけですね」

「そんなに厩舎経営が苦しいなら、やめてしまえという話になります。雀の涙ほどの廃業補償金で、栃木競馬は廃止となります」

「なんだか、罠に嵌められたような気がしませんか」

「いや、そのう……」

あとの言葉はなかったが、舟木の悔しさに歪んだ顔が雄弁に語っていた。

権藤と鬼塚の関係をここまであからさまにすれば十分、と真由は判断した。

最後に、鬼塚が新潟で目撃された件を明かし、居場所探しの協力を視聴者に求めた。

一方、テレビ東都社屋の爆弾騒ぎだが……、「館内を隈なく捜索した結果、爆発物は発見されなかった」との報告が入った。

午後一時をもって避難命令を解除。スタジオからの生放送も再開と決定された。

「何やかんや言ってきたくせに、結局は、単なる脅しに過ぎなかったわけね」

真由の心に釈然としない思いが残っている。

「爆弾犯は、求めていた特番の中止も果たせず、今ごろカッカときてるだろうな」

新堂が笑って続ける。

「さもなければ、大騒ぎを巻き起こしたかった愉快犯と見なしたほうがいいかな。思惑《おもわく》どおりに、テレビ局から全員退避という前代未聞の異常事態を引き起こせたんだ。それだけで大満足だろう」

真由は、首を捻らざるを得ない。

「単なる愉快犯にしては、手が込みすぎています。テレビ局は、爆弾の仕掛けを悪戯と判断するに違いない。だから、実際に小爆発を起こして脅迫に真実味を持たせたんでしょうが……、局の警備態勢に引っ掛かったら、警察に突き出されてしまうし、罪も重い。そんな危険を冒してまでやるからには、何か別の思惑があったんでしょう」

「考えても分からないことは考えない。結果だけ見ればいい。むしろ爆弾犯が登場して助かったのは我々のほうだ。君も放送ネタがなくて困っていただろ」

結果さえ良ければ全て良し、と踏ん切りをつけるのがテレビ屋の極意だ。

誘拐事件とは無関係と思えるし、真由としても疑問を封じ込めるしかなかった。

2

午後二時を回り、気温は39℃にも達した。前日を上回るこの夏一番の酷暑である。

真由は仮設スタジオを出て、スタンドに目をやった。

朝から観光バスがひっきりなしに到着している。

スタンドは立錐の余地もない。その前の広場にも人が溢れかえっている。

先ほど入った連絡によると、熱中症で倒れる者が続出しているという。臨時に設置された医療テントに入りきらず、近隣の病院に搬送するため救急車も出動している。

「こりゃ、もう、競馬観戦どころじゃねえな」

岸本は呆れ顔だが、レースが始まると、大歓声が厩舎村にも轟いてくる。

「ま、お好きなように」

真由はファンの身勝手さに辟易《へきえき》しているので、今さらとやかく言うつもりはない。

次のレースに、奈央子が出場する。本日の騎乗はこのひと鞍とあって、ファンの興奮は最高潮に達するだろう。

このレースに限り、生中継で流す段取りとなっている。心痛を抱えながら、健気《けなげ》に務めを果たすアイドル騎手。そんな心を揺さぶる映像を視聴者は求めている。

スタンドでは中継スタッフが配置につき、既にスタンバイ完了。競馬実況の経験が豊富なアナウンサーも控えている。

コースの砂が、熱く乾ききっているのだろう。レースの合間ごとに、放水車からさかんに水が撒かれている。

「いよいよ、舟木奈央子騎手の登場です」

奈央子の騎乗馬がコースに姿を現すと、歓声が怒涛《どとう》のように渦巻いた。

「キボウノヒカリの生死がいまだ不明の中、奈央子騎手の心痛たるや、想像を絶するものがあります。事件発生の後、食事は喉を通らず、一睡もできないと聞いております」

これは真由が、中継を盛り上げるためにデッチ上げた話である。

パクパク食べて、グッスリ眠っていた、が実際のところだ。

「このレースの騎乗も危ぶまれていましたが、『騎手としての責任を全うするだけです』と、悲壮な決意をもっての出場となりました。キボウノヒカリよ、無事に。その願いで胸が張り裂けんばかりになっていることでしょう」

カメラが奈央子の顔をアップで捉える。

「キリッとした目で、前を見据えています。どんな困難に出会おうと、己が信じた道を真っ直ぐ進む。なんと、凛々《りり》しく、気高い姿でありましょうか」

真由は吹き出しそうになるのを堪えた。聞いているほうが気恥ずかしくなるが、この場面では時代がかった言い回しのほうが視聴者の心に響く。

レースは八頭立て。奈央子の騎乗馬は、オトメノイノリという、何ともこの場に御誂え向きの名だった。但し、奈央子は乙女と言えなくもないが、馬はそれとはほど遠い十一歳の牝馬《ひんば》だ。人間に置き換えると、五、六十歳に相当する。五戦連続ドン尻負けにも拘わらず、奈央子のお陰でダントツの一番人気に祭り上げられていた。

ファンファーレが鳴った。

「各馬、一斉にスタート……おっとぉ！　奈央子騎手が出鞭を入れて、早くも先頭に躍り出ました。速い、速い！……後続をグングン引き離しています」

アナウンサーは声を張り上げているが、

「おいおい、こんなの、ちっとも速かぁねえぜ。他馬が極端に遅いだけだ。地方競馬のレベルって、こんなに低いのか」

「中央競馬と比べるのも酷だろうが、プロ野球と草野球ほどの違いがあるな。金を賭けるのも馬鹿馬鹿しいと、ファンが減ったのも分かる気がする」

岸本と新堂は、同じ感想を持ったようだ。

一コーナーから、二コーナーにかけて、オトメノイノリはさらに飛ばす。向こう正面では後続馬に大差をつけていた。

「快調に飛ばしています。その調子だ。奈央子、頑張れ！　君には、日本中のファンがついている」

ところが、三コーナーの手前で急に脚が鈍った。

後続馬が見る見る迫る。観客の声援が、どよめきから悲鳴へと変わる。

「もう目一杯なのか。頑張れ、奈央子！　あとひと踏ん張りだぁ！」

大声援も虚しく、四コーナーを回った時には最後尾に落ちていた。

巻き返しは絶望的だ。落胆の溜息が渦巻く。

「もはや脚がない。だが、ご覧ください。奈央子はまだ諦めていません。全身全霊を込めて、鞭を振るっています！」

カメラもレースそっちのけで奈央子の姿を大写しで捉えている。

「ようやくゴールです。よくやった、奈央子！　最後まで見事に頑張り抜いた！　なんと神々しい姿でありましょうか。感動の嵐で場内が揺れています」

アナウンサーは涙声でレース中継を締めくくった。

「いやはや……見せ場もたっぷり作れたし、涙なくしては見られない感動的なドラマに仕上がったもんだぜ」

新堂は、してやったりといった顔となっている。

「これで、奈央ちゃんも、国民的な大スターとなったわね」

あの生意気な娘が一番トクをしていると思うと、テレビ局に感謝しなさいよ、と言ってやりたくもなる。

声援が乱れ飛んでいた場内が感動の余韻で静まる中、配当のアナウンスがあった。

「3連単、7―2―1、8993万7320円」

再びどよめきが巻き起こった。

「ギャオーッ！」

と岸本が叫ぶ。「百円が九千万円かよ。おそらく史上最高の配当額だろうな」

「奈央ちゃんの馬が一本被りで売れていたし、こんなレースにまともな予想をするファンがいなかったせいだよ」

「それにしても、どうやったら、こんな馬券が買えるんだろう」

「どうせマグレ当たりさ。7月21日生まれだから、7―2―1の馬券を買っただけとか」

「ちょっと待ってくださいよ。調べてみます」

岸本は、スマホで地方競馬のサイトに繋ぎ、配当の詳細を確かめた。

「一票しか売れていない。つまり独り占めだ……。最低人気から順に一着、二着、三着かよ……こんなの、ありかぁ?……人気が偏っていたんだろうが……ひょっとしたら……」

さかんに首を捻り、独り言を洩らす。

頭に引っ掛かるものがあるようだが、あとの言葉が出てこない。

超大穴馬券に興味のない真由だが、なぜか胸が騒いでいる。

「岸本さん、何が言いたいの」

真由が強い口調で問うても、

「いや、いや……まさか、そんなことが……」

と宙を睨んだきり、口を噤《つぐ》んでしまった。

真由の胸に、もやもやが残った。

3

「さっき、何を言いかけたの？　そんなことって、どんなこと？」

岸本と二人きりになったところで、真由は再度しつこく尋ねた。

「気にするなって。口に出すのも恥ずかしいくらいなんだから」

焦らされている気がして、苛立ちが増した。

「いいから、教えて」

「いやなぁ……、ほんと、笑われそうなんだが、八百長レースじゃねえか、と一瞬思っただけさ」

岸本は照れ笑いを浮かべているが、真由の胸が大きく波打った。

「そう感じた根拠を教えて」

「これ以上、突っ込むなよ。八百長だなんて、絶対にあり得ないんだからさ」

真由の肩をポンと叩き、その場を去りかけた。

「待ってよ！」

聞き捨てにできなかった。

成瀬の言葉が頭に引っ掛かっている。たしか、『返済が滞り出した頃、鬼塚は調教師たちに八百長をやれと持ち掛けた』という話だった。

「もし、今のレースが八百長だったと仮定すると……」

「おいっ！　しつこいぞ」

「……えっ？……あっ！」

とんでもない仮説が頭に生まれ、眩暈《めまい》がした。

「百円が九千万円になったんだよね……。誘拐犯は、最初に身代金は一億円と切り出し、無理だと言われると、急に百円にダウンさせた。誰も本気にしなかったけど、真面目な要求であり、身代金目的の誘拐だと、ずっと言い張っていた。昨夜の時点で、利益を得るのはこれからだが、誘拐首謀者からの成功報酬ではないと言っていた」

「なぁに考えているんだか……、呆れたもんだぜ」

と返されても、頭の暴走は止まらない。

「本間から『どんな方法で金を得るのか』と問われて、『ヒントなら既に全部出した』とも言っていた。もしかしたら、犯人は八百長をしろと要求した？　それも多額の配当を得られる大穴馬券を出せと」

「いつ、誰に要求を伝えたと言うんだ」

「事件発生の早朝、舟木の携帯に犯人からメールが入ったのを覚えているよね」

「ああ。インタビューを終えた直後のことだったな」

「あの時、舟木と奈央子がひた隠しにしたから、私は文面を見ていない。おそらく坂崎も同様だったと思う。『同じ文面だった』という奈央子の言葉をそのまま信じ込んでしまっただけなんだ。もし、あれが八百長要求のメールだとしたら……、要求に応えなければ、ヒカリを殺すと脅されたなら……」

「やめとけって。いいか、よく聞け。八百長というのは、断然人気馬をコケさせ、大穴配当を出すために仕組まれる。これなら、人気馬に乗った騎手一人を抱き込めばできる」

「現に、奈央子は、そうしたじゃないの。馬鹿逃げを打って、馬を潰した」

「ところが、問題なのは三連単馬券だったことだ。一着も二着も三着も指定どおりに来させるとなると、騎手全員がグルにならなければ絶対にできない」

「だからぁ！」

苛立ちのあまり大声が出た。

「キボウノヒカリが殺されてしまったら、栃木競馬は即刻廃止なんだよ。厩舎村の全員が結託《けったく》して、犯人が指示したとおりの八百長を仕組むしかないでしょうが」

自分で言っておいて、背筋に寒気が走った。

その割に、頭は冴えているから、推理がどんどん進む。

「奈央子と私は、犯人の指示どおりに、昨夜、ゴール板の前に立った。あれは、もちろん身代金の受け渡しなんかじゃない。『八百長の件を承知した』との合図と解釈すべきじゃないかな……。それと、もう一点、『ヒカリの即刻解放は無理だ』という犯人の言葉。あれは、『要求したとおりの八百長レースが行われた後で』と解釈すべきなんだ」

「なるほど……、推理の筋道が立っているな。犯人の言葉に嘘は一つもないということが前提となるが」

ようやく納得顔となった岸本が続ける。

「誘拐犯にとって最もリスクが高いのは、身代金の受け渡し時なんだが……、八百長を仕組めば、馬券を百円分買うだけでOKだ。もし、指定した三連単馬券が複数票売れていたとしても、オッズを見ながら千円、一万円と上げていけば、ほぼ独り占めとなる。地方競馬のインターネットサイトから購入したはずだから、もう既に配当金は自分の銀行口座に振り込まれているだろう」

「一方、八百長を命じられた厩舎村の人々はどう出るか。考えてみるまでもないよね」

「そうだな。身代金を捻出《ねんしゅつ》する必要はないのだから、要求に応じる。もちろん外部には決して洩れないよう、秘密を貫く。八百長の事実が立証されなければ、誰一人として罪に問われることもない」

「成瀬の経験からして、八百長を立証するのはとても困難と言っていたよ。しかも、厩舎村の全員が関わっているとなると、立証は不可能だろうね」

「で、犯人は、鬼塚なのかな」

「間違いないね。現に何度も『八百長しろ』と調教師たちに突き付けているんだから……。過払い金訴訟で自分を追い詰めた厩舎村への復讐と、リスクゼロとも言える一獲千金のチャンス。これ以上の動機を持つ者はいない」

「とすると、鬼塚が首謀者で、権藤は事件と無関係なのか」

「そんなはずはない」

真由は、しばし頭を巡らせた。

「権藤は、ヒカリを殺害する目的で鬼塚に誘拐を命じた。八百長要求を絡めようと、どちらが言い出したのか分からないけれど……、鬼塚は配当金を全部得られるし、権藤は八百長の事実という栃木競馬を潰せる切り札をもう一枚手に入れられる」

「その権藤は、今どんな立場に置かれているか。計画段階では、鬼塚にヒカリの殺害まで命じていたが、テレビ東都の報道によって、殺害すれば権藤自身に容疑がかかる事態となってしまった。だから、権藤は動かない。というか、動けない」

「むしろ、今となっては静観しているだけでいいんだよね。八百長が行われた事実が歴然と残っているんだから、警察にタレ込めばいい。実際のところ、八百長の立証は不可能だし、捜査も行われないと思う。それでも、一向に構わない。県警幹部の誰かを使って、八百長容疑が濃いと、マスコミにリークするだけで、栃木競馬を廃止に導ける」

「あとは、ヒカリを無事に返すだけか……。だとしても、真実を知る鬼塚を生かしておくと、後々《のちのち》危ういことになるぜ」

「警察が関与していないんだから、鬼塚が逮捕されることはない。だから、殺す必要など全くない。怖いのは、私たちテレビ局なんだけど……、取材は長く続くものじゃないからね。ほとぼりが冷めるまで身を潜めていろ、で済む話なんじゃないかな」

「鬼塚としても、過払い金返還から逃れるため、じっとしていたほうがいいわけだからな。さて、そこまで推理が進み、あんたは番組をどう進行させるのか」

「今や国民的スターとなった奈央子を汚すわけにはいかないでしょ。あの娘のお陰もあって、視聴率が伸びているんだから……。それに、謎は謎のままにしておくのが一番。視聴者だって、勝手な推理をしばらく楽しんでいたいはず。第一、何の証拠もないんだし」

これが真由の本心だ。

少しばかり好奇心が強いので、あれこれ推理してみただけ。

「そんじゃ、今の推理は、ただのお遊びか」

「そのとおり。真実の追及を口にするほど、青臭くはないからね。全ては視聴率第一主義。何を伝え、何を伝えるべきでないのか、私には計算ができている」

4

真由は、新堂に八百長要求という推理を話した。

「なるほど、面白い読みだ」

と言ったものの、単なるお愛想だと真由には分かっている。真面目に耳を傾けているとも思えなかった。

要するに、報道できない推理なんかに興味はない。今後の展開、つまり番組の進行がどうなるのか。それだけで頭が一杯なのだ。

局面が変わったのは、最終レースが終わった直後のことだった。

舟木が集会所に飛び込んできた。

「犯人からメールが入った」

舟木の顔に緊張はなく、むしろ緩んでいるように見えた。

真由には内容の察しがついた。

「無事解放の知らせですね」

あんたたちが八百長をやったから……、と心で呟き、冷ややかな目を向ける。

舟木がメール画面を表示させた携帯を手渡した。

真由は、一瞬、八百長要求を突き付けてきたメールを探したいとの衝動にかられた。

だが……、馬鹿みたい。そんなメール、削除してるに決まってる。

新堂と一緒にメールの文面を読む。

《たいへんお待たせいたしました。キボウノヒカリの居場所は、新潟県胎内市黒川××番地にある空き家です。馬運車も同じ所に置いてあります。体調に異常は全くありませんが、この暑さですから、救出は急がれたほうがいいでしょう》

真由が引っ掛かりを覚えたのは、新潟である。一ヵ月前とはいえ、鬼塚は新潟市内で目撃されている。

急ぎ地図で監禁場所を確かめた。新潟市から幹線道路が通じており、車で一時間ほどの所にある。鬼塚の足取りと関連性があるように思えてならなかった。

「なんやかんやあったが、いよいよ最終局面か。思っていたより早かったな」

新堂が呟いた。

顔には出ていないが、舌打ちしたい気分だろう。真由も同じ気持ちだ。

テレビ局としては、解放はできるだけ遅らせて欲しかった。キボウノヒカリの無事解放をもって、番組にひと区切りがついてしまう。関係者やファンの歓びの様子を大々的に報じたところで、視聴者の関心は一気に萎む。

「舟木さん、今すぐ局の車を出しますので、米田厩務員とともに新潟へ向かってください。榊原君のチームも同行し、現場中継にあたってくれ」

「犯人からメールが入った件を、いつ番組で伝えますか」

答えが分かりきっているのに、救出劇をできるだけ遅らせたいとの思いが言葉に出てしまった。

「もちろん直ちに速報として流す。現場にファンが押し寄せる恐れがあるから、具体的な地名までは明かさないが」

新堂は、気持ちの切り替えが済んでいるようだ。

「奈央ちゃんは、連れて行かなくていいんですか」

「疲れ切っているだろうし、明日には記録達成レースも控えている。少しでも体を休めて欲しい」

優しい気遣いのようだが、真意はまるで違う、と真由は受けとめた。

救出現場の中継だけで終わらせたくない。奈央子との再会という感動のシーンを後に残しておき、視聴者の興味を引っ張りたい、と新堂は計算している。

栃木競馬場から監禁場所まで三時間ほど要する。現在、午後五時。往復するだけでも六時間。現場中継や再会シーンに時間をさけば、深夜まで余裕で特番を繋げる。

さすがテレビ屋の鑑《かがみ》である。真由の気持ちも切り換わった。

第七章　再び混沌

1

救出チームは、すぐに中継車に乗り込んで、競馬場を出た。

ところが、普段は車の通行も疎《まば》らな県道が大渋滞となっていた。

「参ったな。脇道を知りませんか」

運転手の問いに、米田が苛立ちの顔で答える。

「林道を抜ける手はあるんだが、こんな大型車では入り込めない。暑さに弱い馬だからな。一刻も早く助け出さねば」

できるだけ時間を延ばしたい真由としては気楽なものだが、一応、別案を示しておく。

「新潟の系列局に先乗りしてもらう手はありますが」

「やめてくれ。馬は神経質なんだ。見知らぬ人がワッと押し寄せたら、興奮状態に陥る恐れがある。おたくらの撮影も、少人数で短時間で終わらせて欲しい」

大観衆にもすっかり慣れているキボウノヒカリだが、担当厩務員としては拉致《らち》されて以来の精神的なダメージを気に病んでいるのだろう。

こちらとしては余計な事は一切しなくていい、と真由は割り切った。

三十分ほど経ち、ようやく渋滞が解消した。

現地に到着するまで、真由にやることは何もない。かと言って、居眠りするわけにもいかず、隣に座った舟木に、さりげなく探りを入れてみた。

「今日の七レースで、とんでもない配当が飛び出しましたね」

「えっ？」

一瞬、ポカンとした顔となり、「ああ、あれね」

リアクションを期待したのだが、どんな感情も読み取れなかった。

咄嗟のお惚《とぼ》けなのか、疲労が限界に達したための無感情なのか、その判別もつかない。

「百円が九千万円ですものねぇ。そんな馬券、どうやったら取れるのかしら」

「どんな配当金となろうが、私ら厩舎には無関係だ。競馬という競技と、馬券というギャンブルは、全く別物なんだよ」

「仮に、厩舎の人々に馬券買いが許されたとして、あの馬券は買えましたか」

「法で禁じられている以上、そんな仮定自体、意味がない。私らは一所懸命に走らせるだけだ……。申し訳ないが、疲れているんで」

舟木は腕組みして、目を瞑った。

ボロが出ないよう話を打ち切ったともとれるが、そう決めつけるだけの自信はない。

結局のところ、単なる雑談で終わってしまった。

舟木は寝息を立てている。

車の揺れが心地よく、真由もウトウトしかけた。

ほんの僅か居眠りしただけと思ったが、

「いま長岡を通過したところです。あと一時間ほどで着きますよ」

と、咲に体を揺すられた。

どうやら、ぐっすり眠り込んでいたらしく、少々照れ臭い。

「眠れるときに眠っておく。これ、テレビ屋の心得」

「分かってまーす。私も眠ってましたから」

「こらっ、ＡＤが人並みに居眠りしてんじゃないよ」

その時、成瀬から電話が入った。

「キボウノヒカリを発見したよ」

「……はぁ!?」

自分でも間抜けな声が洩れたと思う。

「監禁場所は、胎内市黒川××番地」

番地までドンピシャである。

「どうやってその場所を探り当てたんですか。テレビでは単に新潟県内としか言っていないのに」

「今は空き家となっているが、ここは鬼塚の生家なんだよ」

「なんですって!」

驚きと同時に、謎がいっぺんに解けたような爽快感があった。

「鬼塚がここにしばらく身を潜めていたという情報を得て、来てみたんだが……、まさか、キボウノヒカリに出会えるとは」

「意外でも何でもないわ。鬼塚が勝手知ったる場所に監禁するのは、ごく自然な流れよ」

「馬運車もここにあることだし、もはや疑う余地もなく、鬼塚が誘拐実行犯というわけだ」

「但し、鬼塚に馬の世話はできないと、成瀬さんは言っていましたよね。それと、犯人の声は、鬼塚と違うとも」

「鬼塚に命じられた者が存在したと考えるしかないな。その者がヒカリを拉致し、馬運車でここまで運び、世話と見張り役を果たし、なおかつ交渉役も務めた」

真由の頭に、長沢勝の名が浮かんだ。

厩舎村の人々は『犯人の声に聞き覚えはない』と、また、奈央子は『犯人の声は長沢とまるで違う』と断定していたが、今となっては疑わしい限りだ。

厩舎村の全員を巻き込む八百長を命じた犯人である。片や、八百長の事実を隠し切らなければならない厩舎村の人々。犯人の名を明かすわけには絶対にいかない。

もしかしたら、厩舎村の人々は、事件発生の直後から、犯人グループの正体が分かっていたのでは？　取材陣が厩舎村を駆け回っても、犯人に結び付く手掛かりは何一つ得られなかった。全員が口裏を合わせているなら、当然の結果と言える。

「あと一時間ほどで着くので、成瀬さんもその場にいてください」

傍らで聞き耳を立てていた米田が割り込んだ。

「ヒカリの様子を知りたい。ちょっと替わってくれ」

スマホを渡してやると、米田は勢い込んで色々と尋ねた。

その顔が徐々に安堵で緩んだ。

2

黒川地区に入った所で生中継をスタートさせた。

真由の気持ちは高揚している。

「先ほど入った情報によりますと……」

もったいつけて、ひと呼吸置き、「キボウノヒカリが監禁されているのは、なんと、鬼塚一郎氏が生まれ育った家だと判明しました」

視聴者のどよめきが聞こえてきそうだ。

「現在、そちらに向かっているところです」

カメラが窓の外を映し出す。

「ご覧のように、田畑が続くばかりで、人家は数えるほどしか見当たりません」

それも、頽《くずお》れかけている家ばかりである。ひと目で空き家と分かる。

行き交う人の姿もなく、想像していたとおりの過疎地だった。その割に、農道はどこも舗装されていた。かつては農業機械が行き交う、実り豊かな農村だったのではないか。

「間もなく到着しますが……」

あそこです、咲が口の動きと指先で目的地を示した。

「前に見える家が、それだと思われます」

だが、おかしい。真由が目にしたのは、意外な光景だった。

カメラを回している岸本が、咄嗟の判断で違う方向に外した。

「中の様子が分かりませんので、一旦、中継を中断します」

空き家であるはずなのに、母屋から煌々《こうこう》と灯りが洩れていた。

敷地の入り口に、男二人の姿があった。

一人は成瀬だったが、何やら言い争いをしているふうである。

広い庭には、三台の車がとめられてもいた。

真由は、中継車を飛び出た。

「成瀬さん、何の騒ぎですか」

「それをこの刑事さんに尋ねているところなんだが、この場から立ち去れの一点張りでね」

「刑事ですって！」

真由は、思わず声を張り上げていた。

「ここは警察の出る幕じゃないでしょ。キボウノヒカリの誘拐は事件になっていないんですから」

食ってかかった真由を、成瀬が制止する。

「どうやら鬼塚が絡んだ別の事件のようなんだ。鑑識が出動しているし……。凶悪事件の捜査なんですよね」

刑事は成瀬を無視して、真由に鋭い目を向けた。

「あんたは何だ」

「テレビ東都の者です。キボウノヒカリをここに監禁した、と犯人から連絡があり、救出しに来たんです」

「ああ、あれか、ずっとテレビでやってる」

刑事は、露骨に見下す目となった。

「馬なら、あそこの倉庫にいる。さっさと連れ帰ってくれ。母屋への立ち入りは厳禁。分かったな」

「別にそちらの事件には、何の関心もないですから」

口先だけである。鬼塚が絡んだ凶悪事件が何なのか、概要でもいいから、ぜひ知っておきたい。

「刑事をいくら問い詰めても、捜査情報を洩らしはしない。新潟県警じゃ、私の顔も効かないし」

「後で、系列局に問い合わせてみますよ。何か掴んでるかも知れませんから……。それより、取り急ぎ中継に戻らなきゃ」

真由は、成瀬とともに、庭を挟んで母屋とは反対側に建つ倉庫に向かった。

農業機械や作物を収めていたのだろう。外観からして大き目の倉庫だった。

真由は鉄の扉を開いた。

真正面に馬の姿があった。

馬運車も置かれている。

真由は中継車に戻り、舟木と米田を倉庫の前に導いた。感動的な場面を演出するため、扉は閉じてある。

カメラは、母屋が映らない位置でスタンバイした。

「正面に見えますのが、キボウノヒカリが監禁されていた倉庫です。さあ、舟木調教師、米田厩務員、無事な姿を確認してください」

米田が扉を開く。

「おーっ！　ヒカリ！」

米田は駆け寄り、首に抱きついた。

「寂しくなかったか……痛くされなかったか……助けに来たぞー……もう、大丈夫だ……」

米田は滂沱《ぼうだ》の涙を流し、舟木も目を覆っている。

真由は、静かにコメントする。

「消えかけていたキボウノヒカリが、また灯った瞬間です。国民の切なる祈りが通じたのです」

十分に泣けるシーンが演出できたと思うが、これだけでは終えない。

「この後、栃木競馬場に戻り、奈央子騎手と再会を果たします。その模様も生中継でお伝えします。どうぞ、感動を分かち合ってください」

米田からの要望もあり、馬に刺激を与えないため、短時間で現場中継を終えさせた。

改めてキボウノヒカリに目をやると、心なしか馬体がほっそりしたように見えた。

「ちょっと痩せたような感じがするんですが……。元気もないようだし」

「犯人はしっかりと世話をすると言っていたが、馬は環境が変わると、いつもの状態を保てないことが多い。食欲を失くす場合もあるし、飼葉をしっかり食べられたかどうか」

舟木の言葉を聞き、不安が生じた。

馬体に少しでも異常があれば、明日のレースに出走できない。想像したくもない事態だ。

「外傷はありませんよね」

「体調を含めて、詳しくは獣医に診てもらわなければならないが……、私が見た感じでは、出走できる状態だと思う」

「私も、そう思います。さっ、ヒカリ、帰るぞ」

米田が手綱を引いて、馬運車に導こうとした。

すると、いななきを上げ、イヤイヤをするように首をのけぞらせた。

真由に馬の表情が読めるはずもないが、怯えているように感じられた。

「可哀相に。この様子じゃ、よっぽど怖い思いをしたんだな」

舟木が顔を歪めた。

「馬運車を怖がっているんですよ。犯人に無理やり乗せられたか。長い時間かけて運ばれる途中に何か起きたか」

米田が愛おしそうに首筋を何度も撫でた。

「馬は臆病だ。怖い思いをするとトラウマが残り、ふとした拍子に恐怖が甦ってしまう」

「帰りも三時間かかりますが、耐えられますか」

「ぎりぎり持つとは思うが、正直に言って自信はない。念のため、もうしばらく様子を見させてくれないか。いつもの状態にまで落ち着かせてから出発したい」

「そちらの判断にお任せします。少しでも不安があるようでしたら、明朝まで出発を延ばしても構いませんので」

奈央子との再会がずれ込んだところで、事情を明かせば、視聴者も納得してくれる。その分、番組を引っ張れるので、むしろありがたいくらいだ。

真由は気を楽にして、その場から離れた。

3

庭に出ると、折よく見知った顔に出会った。

地元系列局の記者で、一度、取材の協力を得たことがある。

「久しぶりです、西尾さん。こちらから連絡しようと思っていた矢先でした」

「私からも伝えなければならないことがありまして……、この場所からの中継を見て、駆けつけてきたわけなんです」

さっそく切り出す。

「鬼塚は、どんな事件を引き起こしたんですか」

「いや、それが……」

なぜか、顔を歪めて言い淀んでいる。

「時間が無いの。はっきりと教えて」

自然と声が荒くなる。

「鬼塚が被害者なんですよ。一ヵ月ほど前に、この近くの山林で死体が発見されています」

頭にガツンとくるような衝撃があった。

「鬼塚が……殺されてたぁ!?」

大声が出てしまったのだろう。成瀬が近寄ってきた。

「顔を潰されるなど損傷が酷く、身元不明となっていましたが、鬼塚と特定されました」

思わず舌打ちが出た。

「番組で、鬼塚の捜索を視聴者に依頼したでしょうが。なぜ、鬼塚が殺害されていたと教えてくれなかったのよ」

「身元が判明した件はずっと伏せられていて、先ほどになって警察発表があったものですから……。容疑者も判明しています。栃木競馬の元騎手で……」

これまた、衝撃だった。

「長沢勝？」

「そのとおりです。任意で取り調べを受け、今日になって自供しました。殺害場所はこの母屋《おもや》と供述したので、鑑識が来ているわけです」

「長沢を誘拐実行犯と見なす推理も出ていたんだけど」

「不可能です。ずっと否認を続けた末に自供と聞いています。誘拐発生の前後は、取り調べの最中か、警察の監視下にありました」

衝撃の次には落胆だ。

もう、何も考えたくない。つい好奇心にかられて推理を展開してしまう自分が恨めしい。

「事件に関する情報は、逐一、報告しますよ」

真由の落胆ぶりを見て、西尾が取り成すように言った。

苛立ちが増す。今にも爆発しそうだ。

殺人事件の捜査なんて、もう、どうでもいいんだよ！

どうせ、借金の返済を迫られた挙句に殺害といったありふれた事件だ。せいぜいがローカルニュースのレベル。真相がどうであれ、真由にはまるで関心がない。

気まずい雰囲気となり、西尾はその場から去った。

「二人いっぺんに誘拐容疑がぶっ飛んじまったな」

成瀬が、言わずもがなのことを口にした。

「だから、何なのよ！」

八つ当たりをしてもしょうがないが、胸の内が収まらない。

「権藤首謀説も、だいぶグラついてきたし」

「そんなことない！　権藤と鬼塚との関係が濃かったというだけで、他にも意のままに動かせる人物がいるはず。ドンとして裏人脈もたくさんあるでしょうから」

巨額の配当金を得られ、なおかつ、何の罪にもならないのだから、誘拐実行役を買って出る者はいくらでもいる。

一方で、権藤は八百長疑惑で警察を動かし、栃木競馬を廃止に導く。誘拐の実行を誰が請け負ったところで、権藤が目的を果たせることに変わりはない。

真由はそう確信しているのだが、「ちょっと待ちなよ」と軽く躱された。

「そもそも、君が鬼塚と長沢を実行犯と見た根拠は何だったのか。権藤との関係もあるが、もう一点、犯行の手口からして厩舎村に度々出入りし、馬の扱いにも慣れた者という前提があったはずだ。別人脈を探ったところで、これにピタッと該当する者がいるとは思えない。つまり、推理を一からやり直すべきだ」

理路整然と指摘され、頭の熱が少し冷めた。

成瀬の頭を借りて、問題点を整理しておきたいと思った。

「実行犯の解明は一旦置いて……、誘拐の動機なら想像がつきます」

ここで、真由は八百長目的の誘拐説を披露した。

「元捜査二課の刑事さんとしての見解は？」

「筋道が通っているし、的確な推理だと私も思う。厩舎村の全員が結託《けったく》すれば、どんな八百長でも組み立てられる。立証することも絶対に不可能だ。実行犯は既に巨額の配当金を得ており、犯行は成就《じょうじゅ》した。だが、ひとつ見落としている点がある」

真由は首を捻り、問う目を向けた。

「肝心の権藤には、何の利益もない」

「八百長疑惑を県警の上層部に明かし、捜査二課を動かす手があります。たとえ八百長を実証できずとも、捜査が入っただけで……」

成瀬が首を左右に振って、続く言葉を遮った。

「私の経験から言う。八百長の立証が不可能と分かっているのに、捜査に乗り出すことは百パーセントあり得ない。権藤なら県警を動かせると君は思っているようだが……、実は、捜査二課は、中国企業から権藤へ献金がなされたと見て、現在内偵中なんだ」

「政治家の金銭疑惑となると、極秘捜査ですよね。警察の動きを知らない権藤が八百長疑惑を密告することもあり得るでしょ？」

「権藤は、至る所に情報網を巡らせている。おそらく警察の動きに勘づいているだろう。または、懇意の県警上層部から情報を得ていることも大いにあり得る。政治資金規正法違反で逮捕に至れば……、いや、容疑が濃くなっただけでも、権藤の政治生命は終わる。必死で証拠隠滅を画策《かくさく》しているに違いない。八百長疑惑を持ち出すような馬鹿な真似は決してしない。それどころか、栃木競馬の廃止なんか、もはや眼中にないだろう」

説得力のある話を聞かされ、真由の肩から力が抜けた。

「あーあ、またひとつ、権藤首謀説の根拠が消えちゃったわ」

「意地っ張りだなぁ。またひとつではなく、全部と言ったらどうかね」

と揶揄の眼差しを向け、「テレビ局として、誤った報道を認める気は？」

「さらさらありません。誘拐に関与しているなんて、ひと言も言っていませんので。視聴者が勝手に思い込んでいるだけです」

「そう仕向けていることに、何の責任も？」

「これっぽっちも感じてなんかいませんよ。マスコミ報道として当たり前のことをやっているだけなんですから……。文句があるなら、名誉棄損で訴えを起こしなさいよ」

成瀬が笑いを洩らす。

「そんなことできないと承知のうえで、言っているね。君はインタビューで中国企業との繋がりを把握していると明かした。誘拐に関しては完全にシロなんだが、金銭疑惑に探りを入れられたくない権藤としては動きがとれない」

「自業自得ですよ……。ということで、テレビ局としての責任を何ら問われることなく、この誘拐事件は、真相がウヤムヤのままで終わることになるでしょう」

そう踏ん切りをつけてしまえば、気が楽だ。

鬼塚殺害の事実を報じ、本間をゲストに推理合戦でもやらせておけばいい。

今は、その予行演習として、少しだけ頭を使っておく。

「監禁場所をここにしたのは、誘拐実行犯を鬼塚に見せ掛けるためです。ということは、鬼塚をよく知っており、なおかつ、敵意を抱いている人物が誘拐首謀者。だけど、ここが鬼塚の生家だと、どうやって知ったのか」

「それなら、簡単に調べがつく。鬼塚の本籍地は、ここなんだから……。もちろん私も知ってはいたんだが、高校卒業時に家を飛び出てから一度も帰っていないと聞いていたので、今までここに来ることはなかった」

「でも、戸籍を調べただけでは、ここが現在、空き家となっていることまでは分からない。鬼塚本人からそんな話を聞いたことがあったのか。宅配便を送り、空き家につき返送といった手段で知る手もあるけど」

「それは重要なポイントではない。但し、誘拐犯が事前にこの地を訪れ、下検分したことは確かだと思う。近辺に人家が少なく、人目につかないとか、色々確かめないと、馬の監禁などできないからね」

「成瀬さんは、鬼塚がここに身を潜めていた事実を、今日になって掴んだと言っていましたよね。誰から聞いたんですか」

「鬼塚と同じく裏金融をやっている人物だ。鬼塚から借金を求められ、現在の居場所を聞き出したらしい。ちなみに、借金は断ったそうだ。かなり金に窮していたようだから、長沢に借金の返済を強く迫ったんだろうな」

真由の関心は、殺人事件にはない。

「鬼塚が一ヵ月前までここに居た事実を、誘拐犯も知っていたと思いますか」

「さて、どうかな。犯人が下検分しに来たのは、ごく最近のことだろう。いずれにしても、その頃には鬼塚の姿はなかった」

「でも、誘拐犯は、鬼塚が既に殺されていたとは、今もって知らないはずですよね」

「もちろん、そのとおりだ。殺害の警察発表はつい先ほどだったんだから。それと、鬼塚を誘拐犯と見せ掛けたいがために、ここが監禁場所とテレビ局に知らせてきたんだから」

「そうすると、もう一つ疑問があります。仮に、鬼塚が誘拐犯と断定されたところで、立件されていない以上、何の罪にも問えない。なのに、なぜそんな無駄なトリックを施したのか」

「警察に被害届が出され、捜査が行われた場合の備えかな。それと、もうひとつは……」

成瀬は笑いを洩らし、「テレビ局と視聴者へのサービスだな。劇場型犯罪を組み立てた愉快犯だ。これまで推理の材料を惜しみなく出し、さあ、謎を解いてごらん、と視聴者に語り掛けた。自分も楽しみ、同時に視聴者を堪能させた」

真由は大きく頷いた。

「お陰でテレビ東都は前代未聞の視聴率となる特番を二日半にわたり放送できることになりまし

た。私も辣腕《らつわん》ディレクターとして名を挙げられました。心から感謝していますよ」

「さて、いよいよ劇場型犯罪もフィナーレだ。ずっと付き合ってくれたテレビ局と視聴者に、愉快犯から最後のプレゼント。実行犯は鬼塚、陰で操っているのが権藤と教えて、幕引きとしたかった」

「せっかくのプレゼントなんだけど……、鬼塚殺害の事実を放送で明かすので、犯人不明という振り出しに戻ってしまう」

「鬼塚殺害事件は、愉快犯のシナリオになかった偶発的な出来事だ。とはいえ、犯人としては何の損にもならないんだから、ご愛嬌《あいきょう》ってところじゃないかな」

「ずいぶんと単純に考えるもんですね」

「この事件の場合、むしろ単純思考のほうが真相に近づけるような気がする。では、さっきの質問、誘拐犯は鬼塚がここに身を潜めていた事実を知っていたか否か。答え、知らなかった。ずっと空き家なんだから大丈夫と、ごく当たり前に判断した。まっ、こんな調子で、もう少しの間、推理を楽しんでご覧よ」

「そうしますよ。犯人は……あなたです」

つまらないジョークを吐き、自分で嫌になった。

「そりゃ、いい」

と、成瀬が笑う。「で、根拠は？」

「単純思考の結果ですよ。監禁場所に真っ先にいたわけなんだから……。それと、探偵役に協力をする振りをして、その実、ミスリードしていく。ミステリー小説でよく使われる手法そのままですす」

「いよっ、名探偵！　私の周辺でしたら、存分にお調べくださいな。協力しますよ」

意味もなくじゃれ合っていることが馬鹿らしくなった
「どうせ、しっかりとしたアリバイがあるんでしょ」

「今後も、突飛な推理を期待していますよ」

成瀬は、庭にとめてあった自分の車に乗り込んだ。

真由は、新堂に鬼塚殺害の事実を報告した。

「えーっ！　なんだってぇ！　まさか、そんなことが……」

と叫び、しばし絶句した。

新堂が滅多に見せない驚きの様子に、こちらのほうが面食らった。

「誘拐事件とは、まるで関係ないと思いますけど」

「まあ、そうだろうね……。番組に影響があるわけでもないし」

新堂はすぐに冷静さを取り戻した。

「今夜は、救出劇に集中させたい。鬼塚殺害の事実を明かすのは明日でいいだろう。そこからの現場レポートは、系列局にやらせればいいな」

頭の切り替えが光速並みの新堂だ。鬼塚殺害の件はもう関心外となっているふうだった。

「ところで、キボウノヒカリの様子はどうだ」

「落ち着かせるのに、もう少し時間がかかりそうです」

それから三十分ほど経ち、舟木が倉庫から出てきた。

「ようやく、いつもの調子に戻ったんだが……、栃木に着くのは深夜になるな」

「奈央ちゃんとの再会シーンを視聴者は待っているんですが」

舟木が険しい顔となる。

「テレビ局の都合もあるだろうが、放送は、絶対にやめて欲しい。ライトを当てられたり、人の気配を感じただけで、興奮状態に陥る恐れもあるんだ。明日のレースのことを考えると、ヒカリに余計な刺激を与えず、ゆっくりと眠らせてやりたい」

これには従わざるを得ないが、

「奈央子さんの第一声が、ぜひとも欲しいんです。別の場所でインタビューさせてもらっても、構いませんか」

「あの子も疲れがたまっている。早めに休ませたいんだ」

非難を込めた眼差しだったが、奈央子だけでも生で画面に登場させないと、夜更かししている視聴者は納得しない。

「ほんのひと言でいいんです」

「しかたないな」

舟木は、渋々といった感じで折れた。

その後、三時間ほどかけて、栃木競馬場までキボウノヒカリを搬送した。何もアクシデントはなく、無事な姿で馬房に入った。

馬に刺激を与えないためだろう。出迎える人の姿はなかった。

真由も、舟木との約束を守り、撮影を行わなかった。

その代わり、奈央子が心を打つ演技で歓びを伝えてくれた。

「ファンの皆様の暖かいお気持ちを、私とヒカリは一生忘れることはありません」

アイドルの涙は強い。このシーンを見られただけで、視聴者は快く眠りにつけるだろう。

真由もまた、ほっとした心持ちでベッドに体を横たえた。

第八章　連敗記録達成

1

八月五日、日曜日——連敗記録達成という記念すべき日を迎えた。

特番は既に丸二日間、中断することなく続いている。残すところ十二時間となったが、記録達成レースと祝賀イベントまで番組を引っ張れる見通しが立った。

朝方の放送で、鬼塚殺害の事実を伝え、系列局が現場からレポートした。

その後、大杉と本間、さらにはツイッター投稿も交え、様々な推理が飛び交わされた。

案の定、耳を傾けるべき推理は一つもなかった。もちろん結論も出ず、ただワイワイと堂々巡りしているだけだった。

八時を回った頃、競馬会から委託されている獣医が、キボウノヒカリの馬体検査のために訪れてきた。

推理合戦に視聴者も飽きた頃なので、この模様は真由が生中継で伝えた。

まずは、救出された馬がキボウノヒカリに間違いないことが確認された。外見がよく似通った馬もいて、かつては出走馬を別馬に入れ替える不正行為があったと聞く。

現在では全馬に識別番号を記したマイクロチップの埋め込みが義務付けられており、レース前に必ず識別検査が行われている。

続いて、馬体が綿密に調べられ、歩様に異常がないか、確認された。尿検査で禁止薬物の不投与、馬糞検査で内臓に異常がないことも確かめられた。

「前走と比べて十キロほど馬体重が減っていますが、出走に全く問題はありません」

と、マイクを向けられた獣医が裁定した。

競馬場には、早朝から人々が押し寄せていた。昨日を上回る来場者数記録を達成することは明らかだった。

ここから先は一大祭りの中継となる。芸人や人気の女子アナも来ているから、目いっぱいに興奮を煽《あお》ることだろう。

真由のチームは、異常な出来事が発生しない限り、お役御免。手持ち無沙汰な状態に置かれている。

馬鹿騒ぎを伝えなくていいのは、ほんと、助かるけど……。

「どうした？　さっきから溜息ばかりじゃないか」

新堂に笑われた。

「誘拐事件は、もう完結したんですよね」

真由の胸にポッカリと穴が空《あ》いている。

「色んな出来事があったが、一日半にわたり前代未聞の特番が続けられたんだ。担当ディレクターとして、これ以上、何を望むのかね」

「真相は闇の中だし……」

青臭い台詞を吐いた自分が恥ずかしくなった。

「ま、そんなもん、どうでもいいんで、さっさと終わってくれないかしら」

「明日から休暇をとっていいぞ。その前に今夜は盛大に打ち上げといこう」

2

もう何事も起こらないと、気を抜いていたが、新記録達成レースの前に、ちょっとしたアクシデントがあった。

パドックに引かれてきたキボウノヒカリが突如、前脚を跳ね上げ、騎乗していた奈央子を振り落したのだ。

黒山の人だかりから悲鳴が巻き起こった。

それにまた怯えたのか、キボウノヒカリは首を激しく上下させている。モニターを通して見ている真由の目にも、極度の興奮状態と映った。

米田と、もう一人、真由には見覚えのない男が、慌てた様子で駆け寄った。

二人して馬体に取りつき、必死で興奮を鎮めている。

奈央子が立ち上がり、観客に向かって、制止する動作を繰り返した。

だが、多くの者たちはスマホのカメラを翳《かざ》すばかりで、奈央子の思いが伝わらない。

奈央子は、テレビカメラに駆け寄り、マイクを求めた。

「ファンの皆様、応援のお気持ちは大変ありがたいのですが、心の中でお願いします。ヒカリは誘拐事件の影響も出たのか、普段よりデリケートになっています。せっかく助かった命です。どうか、このレースだけは走らせてください」

来場者の多くがスマホで生放送を見ている。奈央子の切々とした訴えが効いたようで、固唾《かたず》を飲んで見守るといった感じに改まった。

場内アナウンスが入る。

「パドックでキボウノヒカリ号が暴れたため、これより馬体検査を行います」

見た目には落ち着きを取り戻したようだが、今朝と同じ獣医が馬体検査にあたった。

「検査の結果、異常が認められませんでしたので、出走させます」

歓声が上がるところだが、観客の皆が心での喝采《かっさい》にとどめているようだった。

ようやく、スタートとなった。

真由は、新堂やチームの皆とともにモニターを見詰めている。

キボウノヒカリはスタートで出遅れ、終始、最後方のままだった。

それでも、懸命に馬を追う奈央子の姿が、画面に大写しされた。

大きく離されたドン尻でゴールインすると、

「日本新記録達成の瞬間です。あえて偉業達成と、声を大にして称えましょう。負けても、負けても、懸命に走る君の尊い姿を、僕らは決して忘れません。弱き人々の心にキボウノヒカリを灯してくれて、ほんとうにありがとう！」

アナウンサーが、美辞麗句を並べ立て、感極まったと言わんばかりの声で締め括った。

ここがクライマックスである。場内は興奮の坩堝《るつぼ》と化した。

レースが終わったんだからもう騒いでもいい、という身勝手さではなかろう。抑えていた気持ちが一気に高まり、堰《せき》を切ったふうであった。

キボウノヒカリはゆっくりとコースを一周し、スタンド前に戻ってきた。

大観衆の喝采は頂点に達した。

奈央子が馬上から手を振って、それに応える。

場内の喧騒《けんそう》をよそに、真由の心は冷めていた。

「憐れというか、酷い仕打ちだよね。馬はただ本能に従って、走っているだけ。とうに引退していてもいいのに、商売道具にされて、これから先も死ぬまで重労働を強いられる」

真情をつい洩らしてしまった独り言だ。

誰からも返ってくる言葉はなかった。

キボウノヒカリはレース後ともあって首を垂れ加減にしているが、平静さを保っているように見受けられた。

パドックではすぐ傍に観客がいたが、今は少しばかり離れている。年老いて耳が遠くなったんじゃないか、と真由は勝手に解釈した。

熱狂中継なら、「パニックを引き起こす余力すらなくなるほど力を尽くした」と表現するところだろうが……。

立ち止まったキボウノヒカリのところに、米田と先ほどパドックで見掛けた男が駆け寄り、いたわるように寄り添った。

舟木と坂崎の姿もあった。

ゴール前で関係者一同が揃っての記念撮影が行われ、キボウノヒカリは厩舎に戻された。

この後、祝賀イベントが催される。奈央子のミニコンサートや握手会も予定されている。

これらの模様も生放送で流すが、

「我々の仕事はこれにて完了。東京に帰って打ち上げだ」

と新堂が告げ、撤収《てつしゅう》作業に移った。

第九章　全容解明

1

特番の翌日から、真由のチーム全員に一週間の特別休暇が与えられた。

大仕事を終えた後の心地よい余韻《よいん》はすぐに醒め、虚脱感に囚《とら》われた。それと、事件の真相がまるで分からず、心のどこかにモヤモヤが残っている。

どこに出掛ける気にもなれなかった。日本国中に顔が売れた真由である。人々の目が鬱陶《うっとう》しいうえに、猛暑も続いている。

自宅マンションに籠りきりになって三日目、新堂から電話があった。

「休暇中に申し訳ない。君にも伝えておいたほうがいいと思ったんでね。さっき成瀬氏から連絡があったんだが、栃木県警が八百長の捜査に乗り出したそうだ」

「やっぱり……、成瀬さんは、絶対にないと断言していましたが、権藤が警察を動かしたんですね」

ここまでは想定内だった。成瀬の読みの全てが正しいと思っていたわけではない。

「県警が地方競馬のインターネット投票サイトに当たったところ、的中者は唯一人で……なんと、鬼塚一郎と判明した」

「なんですって!?」

背筋にゾクッとくるものがあった。

「死人に馬券が買えるはず、ないでしょうが！」

「何者かが、馬券購入サイトの鬼塚のＩＤとパスワードを使って買ったわけだな。レース確定と同時に、鬼塚名義の銀行口座に配当金が払戻しされていた」

「口座から配当金は引き出されていたんですか」

「いや、そのまま残されている。しかも、鬼塚の口座は死亡により凍結されてしまった」

「誰が遺産を相続するのかしら」

「鬼塚には、妻子も、兄弟もいない」

「相続人がいないと、国庫に没収されてしまいますよ。誘拐犯は、なぜ鬼塚に成りすまして馬券を買ったのか、なぜ配当金をみすみす捨てるような真似をしたのか。鬼塚殺害の事実を知らなかったために、結果として失敗に終わってしまった、と説明はつくでしょうが……」

疑問は、苛立ちとともに、さらに膨らむ。

「そもそも、どうやって鬼塚の銀行口座から現金を引き出す算段だったのか。通帳と印鑑を盗んだとしか考えようがありませんよね。その場合、鬼塚が盗難届を銀行に出す恐れがあります。多額の引き出しとなると、身分証明書の提示を求められるかも知れません。他に使える口座なんか、いくらでもあるはずです。架空口座を買ってもいいんだし」

「ま、それはさておき、これから先が重要なんだが……、鬼塚の口座記録を調べたところ、競馬場跡地の買収が噂されている中国観光企業から金が振り込まれ、その直後に、そっくりそのまま望月秘書の口座に振替された事実が判明した」

「捜査二課がそちらの線も追っていると、成瀬さんは言っていましたが」

「成瀬氏の見方は、こうだ。捜査二課としては八百長の件にこれ以上、首を突っ込むつもりはない。厩舎村への捜査も行われない。二課を挙げて、不正献金の捜査に掛かりきりとなる。金の動きを裏付ける証拠が掴めたので、望月に任意の取り調べが行われるだろう」

真由は、権藤に対するインタビューの場面を思い返した。

鬼塚一郎の名を出した途端、権藤はそれまでの平静さを崩し、動揺を示した。

権藤が誘拐首謀者で、鬼塚が実行役だからこその動揺と受け止めたが、そうではなかった。鬼塚の口座を迂回させて不正献金を得た事実を突き付けられたと、一瞬だが早とちりしたのだろう。

とすると……、真由は頭を巡らす。

「不正献金のルートを知られたくない権藤としては、警察が鬼塚に着目すること自体を避けたい。だから、八百長疑惑を警察に密告することなど絶対にあり得ない。では、いったい誰が、何のために、密告したのか」

「まあまあ、そんなに真剣になるなって。誘拐事件は、特番の終了をもって完結したんだ。今さら推理をこねくり回しても、意味がない……。ゆっくりと休暇を楽しんでよ」

だったら、こんな情報を伝えてこないでよ、と文句の一つも言ってやりたい。

自分でもほとほと嫌になるが、頭が勝手に謎を解こうと働き始めている。

だが、色んな疑問と推理が絡み合い、混乱の極みに陥っている。こんな時には、成瀬が言っていたように『単純思考』が突破口となるのでは、と思い直した。

真由はコーヒーを淹《い》れ、気を鎮めた。

順不同に分かりやすいところから謎の解明に取り掛かる。

誘拐犯は、どうやって馬券購入サイトの鬼塚のＩＤとパスワードを知ったのか？

鬼塚がサイトにログインしていたのは携帯端末からだろう。サイトのホームページをお気に入りに登録し、頻繁に利用するため、自動ログインの設定をしていたのでは？

すると、鬼塚の携帯端末さえ手に入れれば、成りすまして馬券を買うことができる。

携帯端末を長沢が持ち去ったケースも考えられるが、長沢は誘拐犯たり得ない。

殺害現場の空き家に携帯端末が残されていたと見ていいのではないか。また、馬券購入のための資金移動と配当金の払戻しに利用されている口座の通帳と印鑑も残されていたとしよう。これら一式の物を、誘拐犯は、キボウノヒカリの監禁時、または事前に入手した。

誘拐犯が鬼塚の名義で馬券を買った理由は?

権藤と鬼塚に罪を着せるため……、つまり、成瀬が指摘していたように『劇場型犯罪にずっと付き合ってくれたテレビ局と視聴者に対する最後のプレゼント』と、今のところは見るしかない。

但し、誘拐犯は、鬼塚が殺害されているとは思いもよらず、配当金も受け取れると考えていた。銀行からスムーズに現金を引き出せたか否か、大いに疑問は残るが、一旦、脇に置いておく。

鬼塚殺害がテレビ東都系列で報道されたのは、八月五日、銀行が休みの日曜日だった。翌日になって銀行に駆けつけた時には、既に鬼塚の口座は凍結となっていた。

その時、窓口の銀行員は誘拐犯と顔を合わせているはずだ。九千万円もの引き出し請求で、なおかつ、口座凍結という出来事である。鮮明な記憶が残っていよう。後で調べようがある。

誘拐犯は、配当金の受け取りに失敗した。だが、あくまで結果としてそうなってしまっただけの話だ。八百長要求の誘拐事件という線は、いささかも揺らいでいない。

では、いったい誰が、県警に八百長疑惑を密告したのか?

権藤ではない。とすると、真由の頭には、ただ一人しか思い浮かばない。成瀬である。

他の者が八百長疑惑を口にしても、警察は黙殺するだけだ。元同僚だからこそ、捜査二課を動かせたと見るべきだろう。

だが、八百長が立証できないと分かりきっているのに、果たして捜査に乗り出すだろうか。

一方で、捜査二課も、成瀬も、中国観光企業による献金疑惑を追っていた。成瀬は鬼塚の口座が迂回されている事実を掴んだ、もしくは強く疑ったとしたら、どうだろうか。但し、銀行名や口座番号は分からなかった。

そこで、八百長疑惑を切り口として捜査を行い、馬券購入サイトから口座を聞き出すといった手を提案した。不正献金の捜査に行き詰っていた警察もそれに乗った。

「待ってよ」

真由は、自身の迂闊《うかつ》さに気づき、思わず口走っていた。

今の推理を成り立たせるには、八百長馬券が鬼塚名義で購入された事実を、成瀬が知っていなければならない。

この事実を知っている者は……、「誘拐犯しかいないわ!」

成瀬が誘拐首謀者なのか？　鬼塚の通帳を八百長レースの前に入手していたのか？

そう見るしかない、と真由は確信した。

だが、そうなると成瀬の行動はおかしい。通帳に不正献金の証拠がありありと残っていたのだから、なにも、八百長疑惑を持ち出して県警を動かすまでもない。鬼塚の生家に通帳を戻しておけばいいだけの話だ。

真由は、振り返る。

成瀬が鬼塚殺害の事実を知ったのは、真由と同時で、八月四日土曜日の夜だった。成瀬はその時点で、鬼塚の口座が凍結され、配当金を引き出せないことを悟った。その割に、驚きや動揺の様子は見られなかったが、心の内をうまく隠したとしておこう。

もう通帳を持っていても、何の意味もない。だったら、殺害現場に戻しておけばいい。母屋は立入厳禁とされ、刑事たちが到る所を捜査していたため、隙がなかったのか。

「ちょっと待ってよ」

もう一つ、真由は、重要な事実を失念していた。

自分の迂闊さに、頭をぶっ叩いてやりたい。

こうなったら、成瀬本人を問い詰めるだけだ。

真由は、成瀬に電話を架けた。うまい具合に通じた。

「大手柄を挙げて休暇を楽しんでいるあなたが、何の御用かな」

「誘拐首謀者が判明したものですから、お伝えしておこうと思いまして」

「なるほど。じっくりと聞かせていただきましょう」

「誘拐首謀者は、あなたです」

成瀬は、愉快そうに笑い、

「そのジョークは、一度聞いたぞ。二度目はウケないよ」

「では、正確に申し上げます。この事件は、成瀬さんと厩舎村の全員がグルになって仕組んだ偽装誘拐だったんです。目的は、鬼塚を八百長要求の誘拐犯に仕立て上げ、その実、配当金を我が物にすること」

「ほおーっ、実に興味深いね。突飛な推理を楽しんでみたら、とお勧めしたが、そこまで飛躍するとは思いもよらなかったな」

成瀬はまるで動じていない。

それどころか、会話そのものを楽しんでいるふうでもあった。

「あなた方が罪に問われることはありません。だから、素直に白状してくれませんか」

「君の推理は、正解」

こちらが拍子抜けするくらい、あっさりと白状した。

「まさか鬼塚が殺されていようとはねぇ……。口座が凍結されて、私たち偽装誘拐グループは、ガックリしているところですよ。実に、つまらない事をしてしまったものだ」

「そんなことありません。ちゃんとお金は受け取れます」

その根拠を先ほど思い出したのだ。

「鬼塚の金融会社は法人登記されておらず、個人事業。だから、過払い金返還の義務は、鬼塚個人が負うと、成瀬さんは言っていたでしょう」

「よく覚えていたね。褒めてあげるよ」

余裕たっぷりである。

「つまり、鬼塚は債務を背負ったまま死んだんです。債権者である厩舎村の全員には、口座の凍結解除と支払いを求める権利があります……。それと、もうひとつの疑問も解けました。鬼塚殺害がなかったとして、つまり、当初の計画ですが、通帳と印鑑だけで銀行からスムーズに現金が引き出せたのか……。別の手段がありますよね。債務者たる鬼塚の口座を差し押さえてしまえば、いいだけの話です」

「お見事。全くもってそのとおりだよ」

「しかも、成瀬さんの働きにより、権藤は政治資金規正法違反の容疑をかけられました。一時は誘拐の首謀者と疑われ、時の人となった権藤ですから、マスコミは金銭疑惑を大きく報じます。仮に逮捕まで至らなくても、国民から非難が集中し、失脚します。そうなると、栃木競馬廃止問題は白紙に戻る。厩舎村の人々にとって、これまた万々歳です……。ちなみに、警察に八百長の密告があったというのは、成瀬さんの作り話です。いかに八百長の立証が不可能とはいえ、自分が関与した件を伝えるはずなどありません。捜査二課が捜査に乗り出したのは、あくまで権藤の金銭疑惑。あなたが鬼塚の通帳を生家に戻しておいたお陰です」

「それまた真実を言い当てているが、私には、どんな利益があるのかな」

「返還金の一部が、訴訟代行の成功報酬として支払われます。さらに、あなたは反権藤勢力と結びついている、と私は勝手に推測しています。権藤失脚の足掛かりを作った手柄に対し、相応の謝礼が支払われるんじゃないでしょうか……。思い返せば、権藤が怪しいと私に教えたのは奈央子。誘拐首謀者だと私に信じ込ませたのは成瀬さんでした」

「でも、悪者の登場によって、番組が盛り上がったよね」

「ええ。心から感謝していますよ」

「で、今後の展開はどうなるのかな」

「何も起きません。八百長は実証できないし、偽装誘拐事件が立件されることなど、もちろんあり得ない。それよりも何よりも、テレビ東都だって、今さら偽装誘拐だったなんて報道は絶対にできませんからね……。完全犯罪の成功、おめでとうございます。厩舎村の皆さんにも、そうお伝えください」

「あなたとしては、まだ幾つか解明できない謎が残っているんじゃないのかな?」

「もう考えるのはやめにしました。報道できないことを幾らほじくっても、何のトクにもなりませんから」

捨て台詞を吐いて電話を切ったものの、頭は停止していなかった。

成瀬は偽装誘拐を認めたが、首を傾げたくなる点がまだ幾つもある。

なぜ、猛暑の中、キボウノヒカリをわざわざ新潟まで連れていったのか？

偽装工作の一つだが、体調に異変が生じ、レースに出場不可となったら元も子もない。勝手知ったる近辺の場所に隠しておけば、馬に負担はかけない。

「その周辺は徹底的に探し回った」と口裏を合わせておけば、テレビ局も改めて探りはしない。なにせ厩舎村の全員がグルなのだ。どんなトリックも施せる。

鬼塚に罪を着せるためだとしても、他にやりようがある。鬼塚の名前で八百長馬券を買っただけでも十分だ。

では、誰がキボウノヒカリを新潟まで運び、実行犯を演じたのか？

実行犯が監禁場所から局と交信している時、居場所が不明の住民は一人もいなかった。成瀬がどこにいたのか分からないが、実行犯の声は成瀬ではなかった。

別に協力者がいたとしか考えられない。それも偽装誘拐だと暴露《ばくろ》する恐れが絶対になく、なおかつ、厩務員レベルの技量を持つ者に限られる。該当する人物が、果たして厩舎村の人々の周辺にいるのか？

推理が堂々巡りしそうになったので、真由は基本に返る。

そもそも偽装誘拐を企てる必要があったのか？

目的は、八百長による配当金の奪取と権藤の失脚である。

だが、配当金を奪取するのに、わざわざ偽装誘拐を組み立てる必要などない。厩舎村の全員が結託して八百長を行い、第三者名義の銀行口座を手に入れて、地方競馬サイトから馬券を買えば済む話だ。

調べたところ、サイトの登録に身分証の提示は必要なく、銀行口座さえあれば、即座に登録が完了する。

誘拐事件に仕立て上げ、権藤を黒幕と見せ掛けることにより、栃木競馬存続の世論を高めたかったとも考えられるが……、これまた、その必要はない。

不正献金の証拠となる鬼塚の通帳を手に入れた成瀬である。そのまま警察に渡すか、発見されやすくしておけば、権藤は失脚。栃木競馬廃止の動きにストップがかかる。

それよりも何よりも……、偽装誘拐と発覚した場合、どんな事態に至るか、考えなかったのか？

全国民がテレビ放送を通して、事件の推移を見詰めているのだ。偽装誘拐ではないかと疑う者がいただけでも、大事に至る。真偽に拘わらず、ＳＮＳで噂が一気に拡散する。栃木競馬の全員が悪者となり、即刻廃止となる。

ボロを出さない自信があったにせよ、危険極まりないギャンブルである。

もう一度、繰り返す。

なぜ、危険を冒してまで、偽装誘拐を企てたのか？

もどかしく堪らないが、あとひとつ壁を乗り越えれば、真相に辿り着けそうな気がする。

もう一歩、突っ込む。

なぜ、危険を冒してまで、偽装誘拐を企てなければならなかったのか？

真由の頭が急回転し、突拍子もない仮説がぽかりと浮かび上がった。

「……えっ!?」

全身に鳥肌が立った。

「まさか……そんなことが……どうやったら、できるのよ」

あれこれ考えているより、事実を確かめたほうが早い。

スマホでインターネットに繋いだ。

閲覧したのは、『金沢競馬』のホームページにある『所属馬一覧』だった。

2

真由は、一週間の休暇を終えて出社した。

新堂が喜色満面で迎えた。

「榊原君、上層部は皆、今回の特番を高く評価している。記録づくめの視聴率だったから、舞い上がっていると言ってもいいかな。さっそく君にご褒美だ。十月からスタートする報道ワイド番組のメインキャスターとして起用されることが内定した」

異例の大抜擢と言っていい。真由は素直に喜んだ。

新堂にも次期情報ワイド局長の座が約束されていることだろう。一足飛びに取締役の冠が付くことも十分にあり得る。

咲もディレクターに格上げとなるだろう。のみならず、真由のチームの全員が、昇進の栄誉を手にする。

その夜、真由のチーム全員が揃って、慰労会が行われた。

新堂は、成瀬も仲間入りさせた。

「色々と世話になったからな。実は、成瀬と私は大学時代からの付き合いなんだ」

真由は、成瀬に頭を下げた。

「番組の進行がうまくいったのも、成瀬さんのお陰です。そうですか、新堂さんのお友達だったんですか。今度の件で、さらに仲が深まったでしょうね」

にっこりとして真相を告げる。

「共犯者として……ですが」

「おっとぉ、これは素晴らしい！　謎が全部解けたのかな」

成瀬は、悪びれることなく笑顔を弾けさせた。

真由は、微笑みを返し、辿り着いた結論を語り始めた。

「私は、成瀬さんと厩舎村の全員が仕組んだ偽装誘拐と解いたものの、大きな疑問が残りました。万が一、真相が明るみに出た場合、栃木競馬は間違いなく破滅します。なぜ、そんな危険を冒してまで、偽装誘拐を組み立てなければならなかったのか。もっと突っ込んで言うなら、何が何でもそうせざるを得ない事情があったのではないか。つまり、偽装誘拐を組み立てなければ、栃木競馬が即廃止に至るほどの危機的な状況です。それは、いったい何だったのか……。出た答えは、一つしかありませんでした」

皆の顔をゆっくりと見渡してから、真相の核を告げる。

「キボウノヒカリは既に死んでいます。キボウノヒカリが誘拐された時からこの物語は始まったと思っていましたが……、実は死んだ時から始まっていたんですね」

「お見事！」

成瀬が拍手した。

「死因は衰弱死か、何か病気に罹《かか》っていたか、これまでずっと酷使されてきた老齢馬ですから、突然死も致し方ないでしょう」

真由は、金沢競馬のホームページで、キボウノヒカリの全妹馬が既に登録抹消されている事実を確認した。

八月三日付け、すなわち、偽装誘拐劇がスタートした当日である。

「キボウノヒカリの死亡を起点とすると、こんがらかっていた糸が、すんなりとほぐれました。このドラマのシナリオライターは、新堂さんと成瀬さん。出演者は、厩舎村の全員……及び、キボウノヒカリと入れ替わった金沢競馬の全妹馬と、その担当厩務員。この人は、誘拐実行犯役も務めました。全妹馬がパドックで暴れた時に、米田さんと一緒に駆け寄って宥《なだ》めた人です」

「獣医が識別用マイクロチップで、キボウノヒカリと断定したはずだぞ」

成瀬の指摘に、真由は首を大きく左右に振った。

「獣医も、栃木競馬が潰れたら、仕事がなくなるでしょう。識別番号が一致したとごまかしておけばいい。競馬会の幹部も同じ穴のムジナです。後で入れ替えが発覚しないよう、データベースに登録されているヒカリの識別番号を変えてしまえば済む話です。なにせ栃木競馬の関係者全員がグルなんですから、馬の入れ替えも容易にできました。幸いなことに、父と母を同じくする全妹馬だから、ヒカリと外見も競争能力もそっくりです。そのうえ、こちらは並みの駄馬なので、存在を知る者すらほとんどいなかった」

新堂が大きく頷いた。

「私も、あまりにそっくりなんで、ビックリしたよ。多少細めだったが、馬体重が減ったというコメントがあれば、疑いを挟む余地もない」

「たぶん日頃からヒカリを見慣れている厩舎村の人々にしか判別は不可能でしょう……。でも、馬は正直なものです。全妹馬は二度にわたりパニックを起こしました。一度目は、救出された直後、馬運車に乗せられる時。あれは馬運車を怖がったのではなく、初対面の米田厩務員を恐れたためです。その後、舟木さんとともに倉庫に籠って、馬を落ち着かせました。奈央子との再会シーンの撮影を舟木さんが許さなかったのは、初対面で馬が暴れかねないからです」

「二度目は、パドックだったな」

「ええ。大観衆に驚いたこともあるでしょうね。でも、ヒカリは、ブームが起きてからというもの、大観衆には慣れているんです。一方、全妹馬が所属する金沢競馬は閑散《かんさん》としていますので、パニックを引き起こしても仕方ないでしょう……。それともう一点、初めて騎乗する奈央子と息が合わなかったんじゃないかしら。慌てて、担当厩務員が米田さんと一緒に駆け寄って宥めました」

「全妹馬と入れ替えたのは確かだが、私も成瀬も、その存在自体を知らなかった」

「舟木さんから聞かされたんですね。これは想像ですが、舟木さんは、長期にわたり酷使されてきたヒカリの競走馬寿命は間もなく尽きる、と危惧していたと思います。そんな緊急事態が起きたら、全妹馬と入れ替える手もあると、前々から目を付けていたんでしょうね……。ところで、皆さん」

真由としては、ここでひと言付け加えておきたかった。

「ヒカリが死亡した事実を知らなかったのは、この中で私だけです。スタッフの皆に、お礼を言っておくわ。よくも、よってたかって、私を騙してくれたわね……。咲、あんただよね、私に睡眠薬入りの焼酎を飲ませたのは」

「すいませーん」

咲は、ペロッと舌を出した。

新堂がフォローする。

「悪く思うなよ。君には探偵役として番組を進行させ、視聴者を楽しませてもらいたかった。君まで偽装工作に関わっていたら、あんなにうまくは演じきれなかっただろう」

「でも、まさか、私一人が、のけ者にされていたとはねぇ……。まっ、全ては結果オーライ。皆さんには感謝していますよ」

「それでは、事件の最初から、名探偵榊原真由の推理を拝聴しましょう」

成瀬が、にやけた顔で促した。

「キボウノヒカリが死んだのは八月二日、私たちのチームが取材から戻った午後九時以前です。その日はずっと競馬場外に出ていたので、正確な時刻までは分かりませんが……。厩舎村の人々は、さぞかし焦ったことでしょうね。見込んでいた収入はゼロ、栃木競馬は廃止。テレビ東都は特番が成り立たなくなり、これまでの取材が全てパァー。この一大危機を救ったのが、名シナリオライターのお二人です。舟木さんからどのように連絡を受けたのか、経緯までは分かりませんが、危機をビッグチャンスに逆転させるドラマを組み立てたわけです」

新堂が照れ笑いを浮かべた。

「あんなに頭をフル回転させたことは、入社以来なかったな」

「大学時代には、つるんで悪巧みをさんざんしてきたからな。それにしても、よく短時間で練り上げられたものだと、我ながら感心するよ……。さて、続きだ。ヒカリが死んだのは午後七時頃だった。死体はどうしたのかな」

「私たちがいつ厩舎村に戻ってくるか、分からないから、すぐには運び出せません。深夜に運び出すため、そのまま馬房に留め置かれました。私が馬房を覗いたらバレてしまうけど、舟木厩舎の皆でそうさせなければいいわけだし……。あとは、邪魔者の私を早々に眠らせるだけ。ということで、睡眠薬入り焼酎を飲ませた」

「ほんと、ぐっすり眠っていましたもんね」

夜通し見張り役となっていたはずの咲が言った。

「ちなみに、この時点でチームの皆は、ヒカリが死亡した事実を知らされていません。知ったのは、私が眠った後です。あんたが睡眠薬を盛ったのは、新堂さんの命令に従っただけ。ADは、上司の命令に一切逆らえず、理由も聞けないからね。それと、睡眠薬の入手先ですが……寝付かれない時に使っている厩舎関係者もいる、と舟木さんが言っていましたから、簡単に調達できたでしょう」

真由は、ビールで喉を潤し、続けた。

「さて、深夜になり、ヒカリの死体を競馬場のどこかに埋めた。誘拐に馬運車が利用されたと見せ掛けるため、空の馬運車を新潟の鬼塚の生家まで走らせた。もうこの時から、鬼塚が実行犯、権藤が黒幕と見せ掛けるシナリオができていたんでしょうね。立案者は成瀬さんで、馬運車を運転したのも、あなたです。同じ頃、金沢から全妹馬が担当厩務員とともに新潟に向かっています」

「ここまでの推理は完璧だが、ひとつ質問する」

と成瀬が口を挟んだ。

「なにも偽装誘拐を引き起さずとも、君が眠っている間に、馬を入れ替えてしまう手もあったはずだが……。実際のところ、君が言う逆転のドラマを新堂と組み立てたんだが、別案として一度は検討した」

「ひとつに地理的な問題があります。調べたところ、金沢競馬場から栃木競馬場まで六時間ほどかかります。それだけの長時間輸送だと、馬にかなりの負担がかかり、危険です。私が早く目を覚ます恐れもありますし……。一方、金沢から鬼塚の生家までだと三時間ほどで行けます」

「それもあったが、別の問題も生じた」

真由には容易に想像がつく。

「全妹馬の馬主や厩舎関係者との交渉に、時間を食われたんでしょうね。いくら払ってくれるのか、という問題です。馬の価値はゼロですから、要するに口止め料です。テレビ局が絡んだ陰謀とあっては、相手も足元を見て、ふっかけてきたでしょうね」

新堂が、苦笑いをして答えた。

「強欲な連中でね。三千万円も寄こせと言ってきたよ」

「なるほどね。もう一つ、謎が解けましたよ」

真由は微笑む。

「そんな後ろ暗いお金を局内で調達できるはずがありません。では、どうやって捻出しようと企んだのか。八百長要求の誘拐という筋立てにした理由が、これではっきりと分かりました。配当金の一部、つまり、厩舎村の人々の取り分を除いた残金を回そうと考えた。但し、馬券の全体売上が予想より少なければ、足りないこともあり得ます。そこで、保険をかけた。詐欺まがいの動画をサイトに投稿して大金をせしめたのは、新堂さんの差し金だったんですね」

「バレちまったかぁ」

新堂が豪快に笑った。

「それにしても、あんなに短時間で五千万円も儲かるとは思わなかったな。せっかくだから、残金は皆で分け合った。君の取り分は少し多めにした」

と紙袋を手渡し、「五百万だ」

「ありがたく頂戴しておきます」

新堂はニヤッとして、

「これで君も共犯というわけだ……。さっ、推理の続きを、どうぞ」

「鬼塚の生家まで馬運車を運んだ成瀬さんは、金沢から全妹馬を運んできた担当厩務員と、その場で落ちあい、実行犯としてのコメントをこと細かに伝授しました」

「あの男は、元々俳優志望だったそうだ。愉快犯を実にうまく演じてくれたもんだ」

「新堂さんも、視聴者が推理を楽しめるように、身代金が百円だとか、色々と謎めいた台詞を教えましたよね」

「但し、嘘はひと言も入れていないぞ」

「そのとおりですね。誘拐実行犯に『身代金に関する謎は全て提示した』と語らせたように、フェアプレーに徹していました。どうやら、本職の本間さん以上に、ミステリー作家としての資質もおありのようで……。推理を続けます。夜が明けた頃、坂崎さんが登場しました。彼は、今回の偽装誘拐とはまるで関係していません。ヒカリが死んだ事実も、馬の入れ替えも、今もって知らないし、気付いてすらいません。今後もずっとそうでしょう」

新堂が頷く。

「あの男に八百長の件を知られたら、おおごとだからね。一枚噛ませろと言ってくるだろうし、今後も同じことをやれと、ゆすられる恐れもある」

「次に、舟木さんへのメールですが、ちょうど私のインタビューを受けている時を見計って送信しました。発信者やメールの文面なんか、どうでもいいんです。どうせ隠すんですから……。私に不審を抱かせるような振る舞い方を、舟木親子がわざとする。これだけが目的でした」

「奈央ちゃんも、演技派だからね。女優への道も、開けるんじゃないかな。まっ、そんなことはどうでもいいが」

「奈央子が私に、権藤が怪しいと洩らしたところから、推理劇が始まりました。成瀬さんは権藤と鬼塚の関係を暴露し、私の推理をどんどん発展させました。岸本さんも、長沢勝の名を出したり、八百長レースじゃないか、と突飛なことを言い出して、私をうまくリードしてくれた。新堂さんは、私から随時報告を受け、推理の進み具合や、放送でどこまで明かすか、チェックしました。要所要所でSNSに投稿して、世論を導いたのも、あなた方ですよね」

「まあね。君の反応を見ているだけで楽しかったよ」

「深夜の競馬場での盗撮騒動もヤラセだったのかしら」

「いや、あれはハプニングだ。シナリオでは、奈央ちゃんの携帯に電話を入れて、これで取引成立、ヒカリを無事解放する、と伝えるだけだった」

「でも、何事も起こらなかったじゃ、視聴者が満足しませんよね」

と岸本が悪戯っぽくにやついた。

「あれっ？　君がヤラセを仕組んだのか」

「とは、ちょっと違いますけど……。あの二人組から奈央ちゃんのメールアドレスを聞かれたんですよ。『何か面白い事を仕出かすつもりなんだろうな』と聞いたら、『絶対にウケます』と自信ありげだったから、教えてやりましたよ。案の定、お楽しみの場面となったが、本間がしゃしゃり出やがって……、美女二人のマル秘映像を撮りそこなったよ」

「まったくぅー、ほんと、食えないおっさんだね」

と肩をぶっ叩いて、次の推理に進む。

「権藤に対する襲撃は、本間さんの推理どおり、あちらのヤラセ。その後、SNSでフェイク情報をあれこれ流したのは、新堂さんの仕業《しわざ》です」

「たぶん権藤御大ではなく、望月の浅知恵だったんだろうな。ヘタを打ったもんだ。ヤラセ合戦では、我々に勝てっこないのに」

新堂が笑い飛ばしたが、実際のところテレビ局は、ヤラセのプロだ。

「新堂さん、それにしても酷《ひど》いですよ。いかに視聴率のためとはいえ、自社ビルを爆破するなんて」

外部者が爆弾を仕掛けるのは絶対に無理、と真由はずっと思っていた。視聴率を稼げるなら、何でもやってのけるのがテレビ屋なのだ。

「ADの誰かに爆弾を仕掛けさせたんでしょ？」

「とはいえ、ドラマで使われる小道具なんだから、爆竹に毛が生えた程度の代物だ。万が一にも怪我人が出ないよう、トイレ掃除中の看板も立てていたはずだし……。特番を持たせるためのネタがないって、君も頭を抱えていただろ？」

新堂は、しらっと言ってのけた。

小爆発という割には、四階から二階のスタジオまで爆発音が響いていたが……、仕掛けは新堂に問うまでもない。スタジオのすぐ近くで、爆発の効果音を再生させただけだ。

「実際のところ、助かりましたから、とがめだては一切致しませんが……、脅迫のヤラセに関して、高城局長も承知していたんですね」

「偽装誘拐も含めて、最初から相談し、了解を得ていたよ。高城さんも、次は常務、専務を経て、社長を目指す立場にいる。チャンスを生かすだけの決断ができる人だよ」

真由は、話を戻す。

「最後に、八百長レースの的中馬券を鬼塚名義で買った件です。成瀬さんは、鬼塚の生家に馬運車を運んだ時点では、彼が一ヵ月前まで身を潜めていた事実を知りませんでした。新潟市内での目撃情報だの、同業者から話を聞いたというのは嘘です。母屋を探ってみたら、鬼塚の携帯端末と通帳、印鑑が残されていたので、そう推測しただけでしょう。但し、身を潜めていた時期までは分からなかったはずです。監禁期間中に鬼塚が戻ってくる恐れもあると考えなかったのか。それは、ご本人に聞くしかありません」

「鬼塚もよく知る私の車を庭にとめておいただけだ。私に追われている身だから、車がある間は、入ってこられない」

「通帳には不正献金の証拠が残っていました。成瀬さんにとって、大収穫です。さらに、鬼塚の馬券購入サイトが利用できることも分かった。当初の計画では、八百長馬券を誰の名義で買うか決めていませんでしたが……どうせなら、鬼塚に買わせてしまえ、と考えた」

「単なる悪戯心だよ」

「ご自分で言っていたように、『愉快犯から、ずっと番組を見続けてくれた視聴者に対する最後のプレゼント』だったんですね……。その後、鬼塚殺害の事実が判明しましたが、これに関しては、どなたもご存知ではなかった。私が新堂さんにこの事実を報告した時、凄く驚いていらっしゃった。滅多にないことなのに」

「まさかねぇ、こんな偶然があるのかとビックリしたよ」

「もっとも、偽装誘拐劇には、何ら影響は及ぼさないので、すぐに関心を失くした……。以上で全ての謎を解き明かしたと思いますが」

「君の推理は、全問正解！」

真由は、締め括りに入る。

「結局、誰一人たりとも傷つけることなく、ドラマは完結しました。悪者役を演じさせられた権藤はさんざんな目に遭いましたが、自業自得です。偽装誘拐で一番トクをしたのは、厩舎村の人々と成瀬さんと思っていたんですが……、もっとトクをしたのは、他ならぬテレビ東都と私たちスタッフ全員です。視聴者にも十分に堪能していただきました。皆がハッピーということで、そろそろ幕を閉じましょう」

全員揃っての三本締め——、これにて終演である。

著者／矢吹　哲也（やぶき・てつや）

1951 年、東京都生。早稲田大学第一文学部卒業後、
広告代理店でコピーライターとして勤務。
その後、独立し、第一線で活躍。現在、販売促進
コンサルタント。
還暦直前から競馬ミステリーやハードボイルドを
中心に執筆を開始し、『闇を切り裂く誘拐者』(青
松書院)で作家デビュー。

生放送60時間―キボウノヒカリ誘拐事件

発行　二〇一八年五月一日　初版第1刷

著　者　矢吹　哲也
発行人　伊藤　太文
発行元　株式会社　叢文社
〒112―0014
東京都文京区関口一―四七―一二江戸川橋ビル
電　話　〇三（三五一三）五二八五
FAX　〇三（三五一三）五二八六

印　刷　モリモト印刷

定価はカバーに表示してあります。
乱丁・落丁についてはお取り替えいたします。

ISBN978-4-7947-0784-0

好評既刊

それ、時代ものにはNGです

若桜木虔

鳴神響一氏解説――本書の後半「江戸の吉原NG」は、読みながらうなり声を上げげっ放しだった。このジャンルでは他書に類を見ないレベルだと断言してもいい――

その単語が落選の原因かもしれません。時代小説を書くなら単語選びは基本です。

新書判　本体1000円（税別）

同時発売

幸徳秋水の狐落とし
―萬朝報怪異譚

笹木一加

明治維新から二十年、職もなく毎日を怠惰に生きる落ちぶれ士族の中年、御代田遼次は、萬朝報社が募集していた記者見習いに応募する。或る夜、遼次が浅草十二階の淫窟でお楽しみの最中、朝報社記者幸徳秋水が迎えにやって来る。遼次よりずっと年若い秋水は、遼次に助手となって一緒に相馬事件を追うように迫る。

四六判　本体1300円（税別）

好評既刊

黒落語

近藤五郎

怖くて、哀しい落語小説誕生！
その男から逃れ大阪の寄席に行き着いた噺家朝馬。
周囲からは憫笑を買うばかりで出番は次第に浅く
なっていく。前座を相手に憂さを晴らすが、次第に
妬みに蝕まれていく。

四六判　本体1300円（税別）